UPS! ICH HABE EINEN LIDERC BESCHWOREN

Hexen Lieben Monster

REGINE ABEL

COVERGESTALTUNG
Regine Abel

ILLUSTRATIONEN VON
Morgan
Hojolabor
Vvevelur

HERAUSGEBER
Die Autorenflüsterin

INHALT

Kapitel 1	1
Kapitel 2	18
Kapitel 3	29
Kapitel 4	41
Kapitel 5	62
Kapitel 6	82
Kapitel 7	98
Kapitel 8	115
Kapitel 9	126
Epilog	140
Über Regine	169

UPS! ICH HABE EINEN LIDERC BESCHWOREN

Ein Ei aufschlagen, einen Dämon ausbrüten!

Als Coral die restlichen Habseligkeiten ihrer widerwärtigen Ex-Mitbewohnerin Angelique aus ihrer alten Wohnung abholt, löst sie damit ungewollt eine riesige Katastrophe aus. Wie hätte Coral ahnen können, dass sie Vazul zurückgebracht hatte – einen wahnsinnig heißen Sexdämon mit scharfer Zunge und bösartigem Verstand? Sie sollte ihn vertreiben, aber der Gedanke, sich von ihrem respektlosen Dämon zu trennen, ist unerträglich.

Da Angelique entschlossen ist, das zurückzufordern, was sie für ihr Eigentum hält, sollte Coral Vazul vor den ruchlosen Plänen dieser bösen Hexe schützen oder sollte sie die Gelegenheit nutzen, um zu fliehen?

WIDMUNG

Für alle, die Freundlichkeit um ihrer selbst willen zeigen und nicht in der Hoffnung, dafür gelobt oder belohnt zu werden. Ihr werdet viel mehr wahrgenommen, als ihr denkt. Eine gute Seele ist wie ein Leuchtfeuer, das hell strahlt, Glück bringt und alle erhebt, die sich in eurer Aura sonnen dürfen. Wenn ihr es am wenigsten erwartet, aber am meisten braucht, wird dasselbe schöne Licht direkt auf euch zurückstrahlen.

Lasst euch nicht von denen, die euer Licht stehlen und sich aneignen wollen, von eurem Weg abbringen. Die Dunkelheit kann nicht in unser Leben eindringen, es sei denn, wir lassen sie herein.

Für diejenigen, die ihre inneren Dämonen umarmen.

KAPITEL 1

CORAL

Keine Worte konnten die Tiefe meiner Verärgerung ausdrücken, als ich auf den Haufen Müll starrte, den ich zurücktransportieren musste. Die liebe, süße und extrem nervige Angelique musste immer einen Weg finden, mir auf die Nerven zu gehen.

Als ich vor drei Monaten die Wohnung verließ, die ich mit ihr und Sophia geteilt hatte, dachte ich, ich hätte endlich Ruhe vor ihrem Unsinn. Zugegeben, ich bin vor Ablauf unseres Mietvertrags ausgezogen, aber ich habe meinen verbleibenden Anteil im Voraus bezahlt, damit sie mir nicht vorwerfen konnten, ich hätte sie irgendwie über den Tisch gezogen. Es war eine einvernehmliche Trennung gewesen. Da ich so früh ausgezogen war, hatten meine beiden ehemaligen Mitbewohnerinnen zugestimmt, die Endreinigung vor ihrem Auszug zu übernehmen.

Sophia hat ihren Teil wie erwartet erledigt. Aber Miss Diva Angelique musste wieder einmal irgendwelchen Mist zurücklassen. Und die Vermieterin wollte das nicht akzeptieren. Da Sophia wegen einer Hochzeit nicht in der Stadt war und Angie praktischerweise wegen einer anderen Verpflichtung ebenfalls abwesend blieb, fiel alles auf mich zurück. Es spielte keine Rolle, dass sie nur vier Taschen und ein paar zusätzliche Kleinigkeiten hatte. Das sollte eigentlich nicht mehr mein Problem sein. Aber da ich nicht mit Reinigungsgebühren belastet werden wollte, da mein Name noch im Mietvertrag stand, opferte ich meine Zeit und spielte Umzugshelfer.

Mrs. Hopkins räusperte sich mit einer wenig subtilen Ungeduld. Ich hatte es viel lieber mit dem Hausmeister zu tun als mit dieser drachenhaften Vermieterin. Um fair zu sein, sie war nicht per se unhöflich oder gemein. Sie brachte einen nur dazu, sofort stramm zu stehen, als stünde man vor einem Militärkommissar.

Die große, schlanke Frau Ende fünfzig starrte mich mit ihren obsidianfarbenen Augen über ihre schmale Brille hinweg an und musterte mich. Ihr langes schwarzes Haar war zu einem perfekten Knoten hochgesteckt. Man hätte meinen können, jede einzelne Strähne hätte solche Angst, sich unangemessen zu verhalten, dass sie nicht einmal Gel brauchte, um sie in Form zu halten. Sie trug immer schwarze Kostüme mit einem passenden knielangen Rock, einer makellosen weißen Bluse unter der Weste und schwarzen High Heels, die so poliert waren, dass man sich darin spiegeln konnte. Man sah sie nie ohne Make-up, das makellos aufgetragen war und ihre Gesichtszüge auf natürliche und elegante Weise unterstrich.

Jedes Mal, wenn ich mich in ihrer Gegenwart befand, fühlte ich mich wie ein ungezogenes Kind, das kurz davorstand, von der Direktorin einer strengen Besserungsanstalt für Mädchen gescholten zu werden.

Um ihre Geduld nicht länger als nötig auf die Probe zu stellen, griff ich nach den großen Taschen, die sie dankenswerterweise für mich gepackt hatte. Ich lehnte mich so, dass niemand sehen konnte, was ich tat, und sprach einen diskreten Kraftzauber auf mich selbst. Ich hätte das schon vor dem Betreten der Wohnung tun sollen, aber ich hätte nie gedacht, dass so viel Zeug übrig sein würde. Obwohl die meisten Menschen Magie für ein Ammenmärchen hielten, sollte man nicht herumposaunen, dass man sich damit beschäftigte. Und schon gar nicht, wenn man wie ich nur eine Dilettantin war.

Zuerst nahm ich den edlen Hermelinmantel, der oben auf den Taschen lag, und steckte ihn unter meinen linken Arm. Dann griff ich nach zwei Taschen in jeder Hand. Die elenden Dinger quollen über. Wie sie es geschafft hatte, sie zu verschließen, konnte man schon als Hexerei bezeichnen.

„Ich gehe jetzt und entschuldige mich für die Unannehmlichkeiten", sagte ich mit einem gezwungenen Lächeln zu Mrs. Hopkins.

Sie warf mir einen seltsamen Blick zu, und meine Sinne waren in höchster Alarmbereitschaft, als ein kaum merkliches Grinsen um ihre dünnen Lippen spielte.

„Nicht so schnell, Coral. Sie haben etwas vergessen", sagte sie in diesem übertrieben höflichen Ton, den Rezeptionistinnen manchmal anschlagen.

Ich blinzelte verwirrt, weil ich nicht wusste, worauf sie sich bezog, und schaute dann auf den Boden um den schmalen Eingang herum, um zu sehen, ob ich etwas übersehen hatte. Sie schnippte mit den Fingern, sodass ich meinen Kopf hochriss.

„Nicht dort unten, sondern hier oben", fuhr sie fort und zeigte mit ihrem elegant manikürten Zeigefinger auf die Konsole, die an der linken Wand lehnte.

Sie griff nach einem eiförmigen schwarzen Stein, der darauf lag.

„Was ist das?", fragte ich verwirrt.

„Ein weiteres Hab und Gut von Angelique", erklärte Mrs. Hopkins mit gleichgültigem Tonfall und einem abweisenden Achselzucken.

„Das ist Müll!", rief ich ungläubig aus. „Wen interessiert schon ein Stein? Und außerdem sehen Sie doch, dass ich keinen Platz habe, um das mitzunehmen."

„Tzz, tzz", antwortete sie mit einem mürrischen Gesichtsausdruck. „Alles muss entfernt werden, denn ich lasse mich nicht wegen verlorener Gegenstände verklagen."

„Aber ..."

Bevor ich zu Ende sprechen konnte, stopfte Mrs. Hopkins mir den Stein unter die Achsel, direkt über das Hermelin.

„Sehen Sie? Alles fertig!", sagte sie in einem übertrieben selbstgefälligen Ton, der mich dazu brachte, sie treten zu wollen. „Jetzt verschwinden Sie endlich!"

Äußerst verärgert murmelte ich etwas vor mich hin, nickte ihr steif zu und drehte mich um, um zu gehen.

„Nur damit Sie es wissen, Miss Reef, die unbedeutendsten Gegenstände sind oft die wertvollsten", teilte sie mir geheimnisvoll mit.

Ja, das war ich, Coral Reef. Meine Eltern waren Hipster, die sich für witzig und die lustigsten Comedianten hielten. Stattdessen sammelten sie nur Peinlichkeits-Darwin-Awards. Zu meinem Leidwesen wurde ich in einer Zeit geboren, in der Eltern sich zu sehr bemühten, mit Babynamen besonders clever zu sein. Ich mochte meinen Vornamen eigentlich. Es war die Kombination mit meinem Nachnamen, auf die ich gerne verzichtet hätte. Aber hey, es war immer noch besser als ausgefallene Vornamen wie Tu Morrow, Angel Face und Skibidi, mit denen einige unglückliche Seelen, die ich traf, „gesegnet" waren. Trotzdem liebte ich meine Eltern mit all ihren Macken.

„Was?", fragte ich verwirrt, als ich mich zu ihr umdrehte.

Sie warf mir wieder diesen geheimnisvollen Blick zu. Aber diesmal beunruhigte mich die Intensität ihres dunklen Blicks.

„Sie werden es schon sehen. Aber Sie sollten sich beeilen, bevor Ihr Taxi wegfährt", sagte sie mit einem fast spöttischen Lächeln.

„Oh verdammt!", murmelte ich und zuckte sofort zurück. „Entschuldigung!"

Sie sagte kein Wort, sondern starrte mich nur an. Ich murmelte eine weitere Entschuldigung, bevor ich hinauseilte. Ich hasste es, so beladen zu sein, aber mein Kraftzauber wirkte und ließ die sonst schweren Taschen wie nichts erscheinen. Ich eilte zum Aufzug, nur um zu sehen, wie die Kabine nach unten flog.

Ich blieb wie angewurzelt stehen, warf den Kopf zurück, schloss die Augen und stöhnte laut auf. So sehr ich es auch liebte, in diesem antiken Gebäude zu wohnen – das unter Denkmalschutz stand –, hatte ich doch immer gemischte Gefühle gegenüber dem alten Holzaufzug. Er fiel durch seine kunstvollen Verzierungen und Glasfenster auf, durch die man beim Auf- und Abfahren einen Blick auf das Gebäude werfen konnte. Außerdem verfügte er über ein einziehbares Metallgitter, das als Sicherheitstür diente und auf jeder Etage geschlossen werden musste, damit die Kabine sich bewegen konnte. Leider war er ebenso schön wie langsam.

Da ich nicht riskieren konnte, ewig darauf zu warten, dass er zurückkam – vorausgesetzt, eine andere Etage hatte ihn nicht vor mir gerufen –, entschied ich mich für die Treppe. Wieder einmal klopfte ich mir selbst auf die Schulter für diesen Kraftzauber. Ohne ihn wäre ich ausgeflippt. Als ich vom fünften Stock die Lobby erreichte, waren meine Beine immer noch wackelig.

Als ich zum Eingang eilte, stieß ich innerlich eine Reihe nicht damenhafter Schimpfwörter aus, als ich feststellte, dass der Aufzug leer und die Kabinentür offen war. Wäre ich noch oben gewesen, hätte ich ewig auf diesen Aufzug warten müssen, da er sich nicht in Bewegung setzen würde, bevor die Tür geschlossen war. Ein Teil von mir fühlte sich fast schuldig, dass ich sie nicht für andere geschlossen hatte, die sie vielleicht brauchen würden. Aber das war nicht mehr mein Problem, außerdem musste ich mein Taxi erreichen.

Ich rannte fast aus dem Gebäude, nur um dann mit sinkendem Herzen festzustellen, dass der Platz, an dem mein Taxi gewartet hatte, leer war. In Panik schaute ich mich in beide Richtungen der Straße um und sah nur noch das Heck meines Taxis mit blinkenden Rücklichtern, das ohne mich davonfuhr.

„Willst du mich verarschen?", rief ich völlig außer mir.

Ich war nicht so lange weg gewesen, dass es nicht hätte warten können. Zugegeben, Zeit war Geld, und bei dem vielen Geschäft, das die Fahrer hatten, lohnte es sich für sie mehr, Fahrten zu machen, als untätig herumzusitzen und auf einen Kunden zu warten.

Ich starrte zum Fenster meiner alten Wohnung hinauf und sah, dass Mrs. Hopkins zu mir herunterblickte. Selbst aus der Entfernung konnte ich das seltsame Grinsen auf ihrem Gesicht erkennen. Wenn ich es nicht besser wüsste – oder zumindest hoffte –, würde ich annehmen, dass sie mein Taxi weggeschickt hatte. Aber was hätte sie davon?

Besiegt stellte ich die beiden Taschen in meiner rechten Hand auf den Boden, holte mein Handy heraus und wählte mit einer Hand, um ein anderes Taxi zu rufen. Wie ich befürchtet hatte, teilte man mir mit, dass das Auftragsvolumen extrem hoch sei, was bedeutete, dass es fast vierzig Minuten oder länger dauern würde, bis jemand kommen könnte, um mich abzuholen.

Die Wut, die in mir brodelte, war unbeschreiblich. Einen Moment lang überlegte ich ernsthaft, einfach alle Sachen von Angelique wegzuwerfen. Ich war schließlich nicht ihre verdammte Dienstmagd oder ihr Laufmädchen. Aber da ich nun mal ein dummer Menschenfreund war, schluckte ich wieder alles runter und machte mich auf den Weg zur nächsten Bushaltestelle. Es kam mir wirklich wie eine Verschwörungstheorie vor.

Ich hatte mein eigenes Auto, das zufällig gerade in der Werkstatt war, um einen Ölwechsel und eine Inspektion durchführen zu lassen. Hätten sie mich früher gewarnt, dass dies heute erledigt werden musste, hätte ich die Wartung verschoben. Aber nein, Frau Hopkins rief mich nicht einmal eine Stunde, nachdem ich das Auto abgegeben hatte, an, um mir zu sagen, ich solle alles abholen, da die anderen dies nicht tun könnten. Andernfalls würden wir alle mit einer Geldstrafe rechnen müssen.

Das nächste Mal zahle ich einfach die verdammte Strafe.

Da es Frühherbst war, war es schon etwas kühl. Zum Glück musste ich nicht lange auf den nächsten Bus warten. Allerdings gab es einen Grund, warum ich öffentliche Verkehrsmittel mied, denn die verdammten Dinger waren hier immer überfüllt. Und heute war keine Ausnahme.

Ich drängte mich bis zur Mitte des Busses vor, bevor ich von viel zu vielen Menschen eingeklemmt wurde. Da so viele von ihnen Mäntel oder dicke Pullover trugen, dauerte es nicht lange, bis mir etwas zu warm wurde. Ich machte mir Mut mit dem Gedanken, dass die Fahrt nur zehn Minuten dauern würde. Wenn ich mir vorstellte, ich wäre in einer Sauna statt in einem Meer von Menschen, würde es vielleicht etwas erträglicher sein.

Nur dass eine Sauna nicht nach ungewaschenen Achsel- höhlen und Knoblauchatem riecht.

Und ein stämmiger Kerl zu meiner Linken, der mich über- ragte, befeuerte mich eifrig mit beidem. In solchen Situationen schimpfte ich mich selbst dafür, dass ich meine Hexenausbildung nicht fleißiger verfolgt hatte. Ich hätte jetzt meine linke Brust für einen Zauber zur Geruchsunterdrückung gegeben.

Gerade als ich meine Situation still beklagte, erschütterte plötzlich ein heftiger Stoß den Bus, begleitet von einem lauten Krachen. Wären nicht unzählige Körper wie Sardinen in dem Fahrzeug zusammengepfercht gewesen, hätte mich die Wucht des Aufpralls wahrscheinlich einige Meter weit geschleudert. Mein Magen rebellierte mit diesem seltsamen Achterbahngefühl, als der Bus sich drehte, bevor er brutal zum Stehen kam, als er gegen etwas anderes prallte. Mit Schmerzen und Schwindelge- fühl brauchte ich einen Moment, um zwischen all dem Schreien, Stöhnen und Drängeln, während die Leute versuchten, sich aufzurichten oder nicht zerquetscht zu werden, wieder zu mir zu kommen.

Es dauerte einen Moment, bis die Menschen, die am nächsten an den Fenstern saßen, uns anderen mitteilen konnten, was passiert war. Ein Fahrzeug hatte eine rote Ampel überfahren, war in den

Bus gerast und hatte uns ins Schleudern gebracht. Nur konnten wir nicht aussteigen, da die Vordertüren eingedrückt waren. Die Hintertüren waren ebenfalls durch den Laternenpfahl, gegen den wir geprallt waren und der uns daran gehindert hatte, weiter wegzuschleudern, blockiert. Das einzig Positive an diesem Chaos war, dass es keine schweren Verletzungen unter den Fahrgästen gab.

Zu meiner Bestürzung dauerte es über eine halbe Stunde, bis wir aus dem Bus befreit wurden, der sich schnell wie ein verdammter Ofen anfühlte. Es wurde heiß und stickig im Bus. Dem üblen Geruch nach zu urteilen, der mir entgegenwehte, hatten sich mindestens ein oder zwei Personen in ihrer Panik in die Hose gemacht. Zusammen mit dem Gestank aus Schweiß und Knoblauch, mit dem uns mein Nachbar beglückte, machte dies die Situation noch unerträglicher.

Der Schweiß lief mir den Rücken hinunter. Schlimmer noch, meine Achselhöhle begann zu jucken. Aber mit dem verdammten Steinei darunter konnte ich nur versuchen, mich zu winden, in der Hoffnung, etwas Linderung zu bekommen. Dann spürte ich ein Knacken. Meine Augen traten fast aus meinen Höhlen hervor, während mein Herz in die Hose rutschte. Das Letzte, was ich jetzt gebrauchen konnte, war, dass der Inhalt eines faulen schwarzen Eies über Angies edlen Hermelinmantel und meine Kleidung in dieser verdammten Hölle verschmierte.

Zu meiner Erleichterung schien das Ei intakt zu sein. Aber dieser Fehlalarm reichte aus, um mich stillstehen zu lassen.

Nach einer Ewigkeit und einem Tag ließen sie uns endlich aussteigen. Die kühle Luft hatte sich noch nie so wunderbar angefühlt. Als sie uns anwiesen, in einen anderen Bus zu steigen, den sie speziell für die unverletzten Menschen bereitgestellt hatten, hätte ich beinahe abgelehnt. Aber ich konnte mir nicht vorstellen, die restlichen vier Meilen nach Hause zu laufen.

Glücklicherweise entschied das Karma offenbar, dass ich für einen Tag genug hatte, und der Rest der Heimreise verlief ungestört. Ich konnte mich nicht erinnern, jemals beim Anblick meines Hauses glücklicher gewesen zu sein, außer an dem Tag, als ich vor einigen Monaten offiziell die Schlüssel dafür erhielt. Ich trat ins Haus und stellte die vier Taschen neben der Konsole im Eingangsbereich ab. Nachdem ich das Ei vorsichtig unter meiner Achsel hervorgeholt hatte, legte ich das Hermelin auf die Taschen.

Mir blieb der Mund offenstehen, als ich eine Art Riss in der schwarzen Schale des Eies entdeckte. Obwohl es denselben Glanz wie ein polierter Stein hatte, fühlte sich die Textur wirklich wie die eines Eies an, auch wenn es viel zu hart dafür war. Der Riss schien von innen zu leuchten, als würde er rote Flammen enthalten. Das Ei war ungewöhnlich heiß, aber nicht so, als würde etwas darin brennen. Könnte es einfach die Wärme meines Körpers sein, weil ich es fast zwei Stunden lang unter meiner Achsel gehalten hatte?

Ich stöhnte innerlich bei dem Gedanken an den Wutanfall, den Angie sicherlich bekommen würde, sobald sie bemerkte, dass ihr Eigentum beschädigt worden war. Diese verwöhnte Zicke würde wahrscheinlich auch eine finanzielle Entschädigung verlangen, obwohl sie absolut keinen Schaden davongetragen hatte.

Wieder einmal schimpfte ich mit mir selbst, weil ich mir diesen Mist mit meinem dummen Bedürfnis, Menschen vor ihrer eigenen Dummheit und Faulheit zu retten, selbst eingebrockt hatte.

Vielleicht konnte ich es einfach vor ihr verstecken.

Ich überlegte ernsthaft, genau das zu tun. Die Chancen standen gut, dass Angie sich gar nicht mehr daran erinnerte, diesen Eierstein gehabt zu haben. Das Problem war, dass sie sich irgendwann daran erinnern würde, wenn etwas in diesem Zusammenhang auftauchte. Und dann würde sie vor Wut schäumen und verlangen, dass ihr Eigentum unverzüglich zurückgegeben würde, begleitet von zahlreichen Anschuldigungen, ich sei ein Dieb.

Mein beschissenes Leben. Es gab einfach keinen Ausweg.

Da ich nicht riskieren wollte, das Ei beim Fallenlassen weiter zu beschädigen, ging ich in die Küche und holte eine große Obstschale hervor. Ich legte ein dickes Handtuch hinein und legte das Ei vorsichtig in die Mitte, wobei ich das Handtuch rundherum feststeckte, um sicherzustellen, dass es fest und stabil lag.

Ungeduldig, den Gestank aus dem Bus und die Hitze abzuwaschen, sprang ich unter die Dusche und war dankbar für die wohltuende und beruhigende Berührung des Wassers auf meiner Haut. Ich hatte gerade begonnen, meinen ganzen Körper mit Seife einzumassieren, als mich ein lautes Geräusch erschreckte. Ich schnappte nach Luft, stellte das Wasser ab und spitzte die Ohren, um zu hören, ob ich etwas anderes hörte oder ob mir meine Fantasie einen Streich spielte. Als die Stille anhielt, zuckte ich mit den Schultern und setzte meine Reinigung fort.

Kurz nachdem ich angefangen hatte, mich abzuspülen, hörte ich erneut ein lautes Knacken, gefolgt von einem zischenden Geräusch. Diesmal glaubte ich nicht mehr, dass ich mir das eingebildet hatte. Ich spülte mich schnell ab, um nicht auszurutschen und mir das Genick zu brechen, und wickelte mich dann in ein Handtuch. Ich verfluchte mich dafür, dass ich mein Magietraining nicht weiter vorangetrieben hatte, schnappte mir eine Schere und öffnete vorsichtig die Tür.

„Ist da jemand?", rief ich und fragte mich, ob es dumm war, sie wissen zu lassen, dass ich ihnen auf der Spur war, oder ob es eine gute Methode war, um potenzielle Eindringlinge abzuschrecken.

Für den Bruchteil einer Sekunde überlegte ich, mir etwas anzuziehen, bevor ich nachsehen ging. Aber dann dachte ich mir, dass ich lieber mit nacktem Hintern und lebendig nach draußen rennen würde, als von einem Serienmörder erstochen zu werden, während ich mit einem Bein in meiner Unterhose stecke.

Da das Geräusch von unten kam, wollte ich nicht hier im zweiten Stock eingesperrt bleiben, ohne einen Ausweg zu haben. Ich spitzte erneut die Ohren, um verdächtige Geräusche zu hören, und ging vorsichtig die Treppe hinunter, meine lange Schere fest in der rechten Hand. Nie zuvor war ich so froh gewesen, dass meine Fußböden nicht knarrten.

Mein Gehirn registrierte sofort, dass die Haustür noch geschlossen war und die Taschen unberührt neben der Konsole standen. Es gab keine sichtbaren Anzeichen für einen Einbruch. Als ich jedoch den Treppenabsatz erreichte und nach rechts in Richtung Küche blickte, setzte mein Herz einen Schlag aus, als ich ein pulsierendes rötliches Leuchten sah. Ich rannte fast in die Küche, weil ich dachte, dass etwas brennen würde, blieb aber abrupt stehen, als ich die Quelle des Leuchtens erkannte.

Auf der Oberfläche des Eies, das mit einem Handtuch umwickelt war, waren viele weitere Risse zu sehen. Von meinem Standpunkt aus sah es buchstäblich so aus, als würde darin ein Herz schlagen. Meine Füße trugen mich wie von selbst zu der Kücheninsel, auf der die Schüssel stand. Vorsichtig zog ich das Handtuch weg, um mehr von dem Ei freizulegen. Ein Netz aus Rissen bedeckte seine dunkle Oberfläche. Und doch schien es seine Integrität bewahrt zu haben.

Aus einem Grund, den ich niemals erklären könnte, hielt mein dummes Gehirn es für eine gute Idee, es aufzuheben. Das intensive Brennen, das ich erwartet hatte, blieb aus, obwohl es mit Lava gefüllt zu sein schien. Es war sehr warm, aber auf angenehme Weise.

Was zum Teufel schlüpft da aus diesem Ding?

Angie sammelte oft exotische Dinge, aber sie war zu egoistisch, um Haustiere zu halten. Nun, außer ihrer schwarzen Katze Merlin, da er ziemlich pflegeleicht war. Als wir Mitbewohnerinnen waren, übernahmen Sophia und ich den Großteil der Pflege und Fütterung der Katze. Jetzt ließ Angie das von ihrer Putzfrau erledigen, außer dem Füttern. Bei Angie drehte sich alles darum, mehr Macht zu erlangen und ihre Magie oder ihren Einfluss auf andere zu vergrößern. Sie hatte keine Zeit für Dinge, die ihre Aufmerksamkeit erforderten. Was hatte das also zu bedeuten?

Da ich noch ein Neuling in der Welt der Arkanen Künste war, hatte ich keine Ahnung, was für ein seltsames Wesen aus einem schwarzen Ei schlüpfen könnte.

Unsicher, was ich tun sollte, sah ich mich im Zimmer um und überlegte, wo ich es zum Schlüpfen hinlegen sollte. Es brauchte einen sicheren Platz, da ich nicht wollte, dass es vom Tresen fiel, wenn es noch nicht fliegen konnte. Aber noch während mir dieser Gedanke durch den Kopf ging, drängten sich mir Bilder von albtraumhaften Kreaturen auf. Was, wenn es eine Art fliegendes, fleischfressendes Monster war, das herauskam und mich auffraß? Sollte ich einen Käfig oder eine andere Art von Behälter suchen, in den ich es stecken konnte, während ich den Hexenrat um Hilfe bat?

Angie anzurufen wäre die einfachste Lösung gewesen, aber ich hatte heute Morgen schon mindestens dreimal vergeblich versucht, sie zu erreichen, seit Mrs. Hopkins verlangt hatte, dass ich ihre Sachen abhole. Ich wusste nicht, ob sie wirklich zu beschäftigt war oder meine Anrufe absichtlich ignorierte, weil sie wusste, dass ich sie wahrscheinlich dafür beschimpfen würde, dass sie mir ihren Mist aufhalste.

All diese Gedanken verschwanden aus meinem Kopf, als erneut ein lautes Knacken zu hören war. Mein Herz sprang mir fast aus der Brust, als das Ei in meinen Händen heftig wackelte. Ich schrie auf und ließ es instinktiv vor Schreck fallen.

„Nein!", schrie ich, als ich sah, wie es wie in Zeitlupe auf den Travertinfliesenboden der Küche fiel.

Zu meiner Bestürzung zerbrach das Ei nicht und verschüttete seine feuerrote Masse nicht auf dem Boden. Stattdessen zogen sich unzählige Risse über seine obsidianfarbene Oberfläche, und es zitterte einmal, zweimal heftig ... Dann flog der Deckel weg, und eine schwarze, krallenbestückte Hand schoss aus dem Ei. Ich schrie erneut und wich schnell zurück, bis die Wand meinen Rückzug stoppte. Vor Angst erstarrt stand ich einfach da und wünschte mir, die Wand würde mich verschlucken.

Vor mir sprang eine humanoide Gestalt aus der zerbrochenen Schale wie ein Geist aus seiner Lampe. Schnell nahm sie die Gestalt eines muskulösen Mannes mit einem eindringlichen menschlichen Gesicht an, mit zwei langen, gerade nach oben ragenden Hörnern, leuchtend roten Augen, langem, welligem schwarzem Haar und spitzen Ohren. Nur war er kein Geist. Als sein ganzer Körper aus dem Ei hervorkam, kamen auch zwei lange, muskulöse Beine zum Vorschein. Er schien langsam auf den Boden zurückzuschweben, wo er anschließend in seiner prächtigen Nacktheit stand. Seine gesamte Haut hatte die dunkelste Graufarbe, die man sich vorstellen konnte, fast wie Holzkohle. Darunter pulsierten feurige Blitze, als wolle Lava aus ihm hervorbrechen.

Unter anderen Umständen hätte mein Blick sich auf seinen massiven Schwanz konzentriert, der mit ungewöhnlichen Rillen bedeckt war – auch wenn er derzeit schlaff war.

Ein raubtierhaftes Lächeln umspielte seine vollen Lippen und gab mir einen Blick auf perfekte weiße Zähne frei, die von zwei scharfen Reißzähnen eingerahmt waren. Er schnippte mit der rechten Hand, die daraufhin in einem düsteren Rot aufleuchtete. Gleichzeitig begannen die verstreuten Fragmente seiner Hülle zu zischen und zu verwelken, bevor sie in einer Rauchwolke verschwanden.

„Hallo, Herrin", sagte der Dämon mit einer tiefen, sinnlichen Stimme, die mir eine Gänsehaut über den ganzen Körper jagte. „So leicht bekleidet. Da ist jemand begierig ... Das gefällt mir."

Die letzten beiden Worte fügte er mit schnurrender Stimme hinzu, während er auf mich zukam. Das riss mich schließlich aus meiner verängstigten Benommenheit. Ich kreischte erneut und rannte wie wild zur Haustür.

Ein leises Zischen hallte hinter mir wider, bevor ein Feuerball mit schwindelerregender Geschwindigkeit an mir vorbeiflog. Zuerst dachte ich, der Dämon hätte einen Feuerball auf mich geschossen. Aber die brennende Kugel blieb direkt vor der Tür stehen, bevor sie sich in den dunklen Dämon verwandelte. Ich versuchte anzuhalten, verlor aber stattdessen den Halt. Ich rutschte aus und sah, wie meine Füße vor mir hochflogen, als ich mit einem lauten Knall auf dem Hartholzboden landete. Der Schmerz strahlte von meiner rechten Pobacke über mein Bein bis hinauf in den unteren Rücken aus. Von meiner Wucht mitgerissen, rutschte ich noch ein paar Meter weiter auf ihn zu und präsentierte ihm dabei sowohl meinen Hintern als auch meine Muschi.

„Aua!", wimmerte ich, verletzt, gedemütigt und verängstigt.

Zu meinem Erstaunen zeigte sich auf dem Gesicht des Dämons echte Besorgnis – seltsamerweise gemischt mit Missbilligung.

„Herrin! Sieh nur, was du dir angetan hast! Wohin wolltest du denn rennen?", fragte er und stürzte sich auf mich.

Bevor ich mich wieder aufrappeln konnte, hob er mich mühelos hoch und drückte mich fest an sich, während das verräterische Handtuch herunterfiel. Mir stockte der Atem, und ich stieß ein seltsames gurgelndes Geräusch aus, als er mir beiläufig mit der linken Hand über die Pobacke strich, während er mich mit seinem rechten Arm fest an sich drückte.

„Was für ein perfekter Hintern", sinnierte er laut. „Den kannst du mit solch rücksichtslosem Verhalten nicht beschädigen."

Ich schrie erneut und stieß gegen seine Brust, um mich aus seiner Umarmung zu befreien. Er zuckte bei dem schrillen Geräusch zusammen und sah mich an, als wäre ich geistig behindert.

„Lass mich runter!", schrie ich.

Er ließ mich sofort los. Ich schnappte nach Luft, schockiert darüber, dass ich fiel. Meine Füße landeten in einem ungünstigen Winkel auf dem Boden. Die Schwerkraft, diese alte Schlampe, begann sofort, mich nach hinten zu ziehen. Mit weit aufgerissenen Augen griff ich instinktiv nach etwas, an dem ich mich festhalten konnte. Blitzschnell griff der Dämon nach meinem Handgelenk und stützte mich, bevor ich erneut zu Boden stürzte.

Ich riss meinen Arm los und stolperte ein paar Schritte von ihm weg. Der unbeeindruckte Ausdruck auf seinem Gesicht traf mich wie ein Stich.

„Du kannst nicht einmal stehen", sagte er in einem missbilligenden Ton.

„Ich habe gesagt, du sollst mich absetzen, nicht mich fallen lassen wie einen verdammten Kartoffelsack!", rief ich empört. „Natürlich wäre ich fast wieder hingefallen."

Ich griff schnell nach dem Handtuch auf dem Boden und wickelte es um mich, während ich noch ein paar Schritte zurücktrat. Obwohl mir mein Verstand immer wieder sagte, ich solle hier verschwinden, hatte sich die anfängliche Panik gelegt. Wenn er mich essen und meine Knochen als Zahnstocher benutzen wollte, hätte er das längst getan. Aber er kam meiner Aufforderung, mich abzusetzen, sofort nach. Vielleicht war er also gar nicht so schlimm?

Er presste enttäuscht die Lippen zusammen, während er auf das Handtuch starrte.

„Wie schade, dass du so eine schöne Aussicht verdeckst", sagte er in demselben missbilligenden Tonfall.

„Was zum Teufel?", flüsterte ich ungläubig. „Wer bist du? Und was zum Teufel bist du?"

„Ich bin Vazul, und ich bin dein Liderc."

„Du bist mein was?", fragte ich fassungslos.

„Dein Liderc", wiederholte er mit gerunzelter Stirn, als würde er sich fragen, ob ich schwerhörig sei.

„Was zum Teufel ist ein *Lieeederg*?", fragte ich noch verwirrter.

Zu meinem Erstaunen schien meine Frage ihn wirklich zu beleidigen.

„Es heißt Liderc, nicht *Lieeederg*. Und das solltest du wissen. Du hast mich schließlich ausgebrütet", sagte er verärgert.

„Das habe ich nicht getan!", rief ich aus. „Dein Ei hat angefangen, überall Risse zu bekommen, was mir eine Heidenangst eingejagt hat. Okay, ich habe es fallen lassen. Aber es war schon fast aufgegangen. Ich habe nur das seltsame Steinei meines Ex-Mitbewohners mit nach Hause genommen und es in eine Schüssel gelegt."

„Du hast mich ein paar Stunden lang unter deiner Achsel gehalten", entgegnete er und verschränkte trotzig seine muskulösen Arme vor seiner breiten Brust.

„Nun ja ...", antwortete ich zögerlich, während ich das Handtuch etwas fester um mich herumzog. „Ich musste dich aus unserer alten Wohnung tragen, und alle meine Taschen waren voll. Das war der einzige Platz, an dem ich dich tragen konnte. Was hätte ich denn sonst tun sollen? Dein Ei in meine Vagina stecken?"

Vazul schien sich keineswegs durch meine zunehmend gereizte Tonlage beleidigt zu fühlen, sondern eher amüsiert und auch ziemlich skeptisch. Er presste die Lippen zusammen und schien ernsthaft über meine letzte Bemerkung nachzudenken.

„Mein Ei in deiner Vagina zu verstecken, ist ein ziemlich interessanter Gedanke. Leider hättest du mich dann nicht beschwören können. Ein Liderc muss unter der Achsel gehalten werden, um zu schlüpfen."

„Was zum Teufel ist das für ein verrückter Scheiß?", rief ich verblüfft aus.

„Spiel nicht die Unschuldige", erwiderte Vazul, diesmal offenbar ungeduldig, weil er mich für eine Heuchlerin hielt. „Niemand hält stundenlang ein schwarzes Ei unter seiner Achsel, nur zum Spaß. Es ist nichts Falsches daran, sich einen eigenen

Sexdämon und gehorsamen Diener zu wünschen. Warum spielst du diese Spielchen?"

„Einen Sexdämon?", rief ich aus und machte unwillkürlich einen weiteren Schritt zurück. „Wow! Bist du ein Incubus?"

Er schnaubte und starrte mich an, als hätte ich etwas Beleidigendes gesagt. „Ich bin einem Incubus weit überlegen. Wie ich bereits mehrfach gesagt habe, bin ich ein Liderc."

„Und was zum Teufel ist das?", beharrte ich und wurde langsam ebenfalls gereizt.

Er öffnete den Mund, um zu antworten, wurde jedoch durch das Klingeln meines Telefons unterbrochen. Erschrocken schrie ich auf und presste meine Handfläche gegen meine Brust. Normalerweise war ich nicht so schreckhaft, aber meine aktuelle Situation war alles andere als normal.

Und doch war dieses Klingeln der größte Segen. Es war Sophias Klingelton. Wenn mir jemand in diesem Chaos helfen konnte, dann war sie es.

„Bleib, wo du bist!", befahl ich und zeigte mit einem drohenden Finger auf Vazul. „Mach nichts Dämonisches, während ich den Anruf entgegennehme. Bleib einfach, wo du bist."

Er warf mir wieder diesen unbeeindruckten Blick zu, als ich langsam zurückwich, bevor ich die Treppe hinaufrannte, um mein Handy zu holen. Die ganze Zeit über warf ich immer wieder einen Blick über meine Schulter und war erleichtert, dass er gehorsam direkt vor der Tür stehen blieb und seine roten Augen nie von mir abwandte.

KAPITEL 2

CORAL

Ich brach mir fast das Genick, als ich ins Badezimmer stürmte, um mein Handy zu holen, bevor ich den Anruf verpasste. Ich nahm den Anruf entgegen und eilte zu meinem Kleiderschrank, um mir etwas zum Anziehen herauszusuchen.

„Sophia, hilf mir!", rief ich anstelle einer Begrüßung.

„Hey, Coral. Was ist los?", fragte sie mit einem Anflug von Besorgnis in der Stimme.

Ich erzählte ihr schnell, was passiert war, während ich mir ein Höschen und ein Bustier-Tanktop überzog, bevor ich einen kurzen Blick über das Geländer nach draußen warf, um mich zu vergewissern, dass Vazul sich nicht bewegt hatte. Zum Glück stand er immer noch wie angewurzelt da, mit einem mürrischen Gesichtsausdruck auf seinem hübschen Gesicht.

Ich eilte zurück in mein Schlafzimmer, um einen Rock und Sandalen anzuziehen.

„Heilige Scheiße! Angie wird ausflippen, wenn sie erfährt, dass du ihren Liderc hast!", rief Sophia mit einer seltsamen Mischung aus Mitgefühl und morbider Aufregung, die Menschen oft empfinden, wenn sie gerade einen pikanten Klatsch gehört haben.

„Was ist er? Und warum zum Teufel hat sie ihn zurückgelassen?", fragte ich mit gedämpfter Stimme, während ich ab und zu einen Blick nach draußen warf.

„Er ist ein Sexdämon. Angie hat wochenlang versucht, ihn auszubrüten ... eigentlich sogar monatelang. Aber das Ei ist nie geschlüpft. Sie war lange Zeit wütend und hat schließlich das Interesse verloren", erklärte Sophia in verschwörerischem Ton.

„Warum sollte sie einen Sexdämon wollen?", fragte ich, ehrlich verwirrt. „Die Männer liegen ihr zu Füßen, um in ihr Höschen zu kommen ... wenn sie überhaupt eines trägt. Was soll das also?"

Sophia schnaubte. Angeliques Promiskuität war legendär. Da wir mit unserer eigenen Sexualität im Reinen waren, waren wir nicht diejenigen, die andere wegen ihrer Promiskuität verurteilten. Wenn man jedoch eine Wohnung mit einer Mitbewohnerin teilte, die zu jeder Tageszeit eine Parade von Partnern hatte, die sich lautstark vergnügten, wurde das schnell nervig.

„Nun, offensichtlich muss der Sex mit einem von ihnen unglaublich gut sein. Aber was sie wirklich will, ist der ultimative Diener, den er repräsentiert", sagte Sophia in einem ernsteren Ton. „Ein Liderc tut absolut alles, was man von ihm verlangt. Man kann ihm so viele Aufgaben aufbürden, wie man will, und er wird sie gerne erledigen. Tatsächlich braucht er das sogar."

Ich erstarrte, überrascht von dieser Bemerkung. „Was meinst du damit, er braucht das?"

„Ein Liderc kann nicht untätig bleiben. Wenn man ihm nicht genug Arbeit gibt, treibt er Unfug. Wenn man Glück hat, ist das zu deinem Vorteil. Aber höchstwahrscheinlich ist es zu deinem Nachteil, als Strafe dafür, dass du ihn vernachlässigt hast."

Mir schossen alle möglichen verrückten Ideen durch den Kopf, wie er mich dafür „bestrafen" könnte, dass ich ihm nicht genug Aufgaben gegeben hatte.

„Wie werde ich ihn los? Es gibt keinen Kreis, in den ich ihn zurückschicken kann, und er hat die Überreste seines Eies verschwinden lassen", sagte ich mit angespannter Stimme, als ich zurückging, um nach dem Dämon zu sehen.

„Warum zum Teufel solltest du das tun?", rief Sophia entsetzt aus.

„Ist das nicht offensichtlich?", flüsterte ich, während sich mein Magen zusammenzog, als ich bemerkte, dass Vazuls Augen nun hell und wütend rot leuchteten.

Ich wich von dem Geländer zurück, das nur ein paar Meter von meinem Zimmer entfernt war. Soweit ich wusste, hatte er ein wahnsinnig gutes Gehör und hörte alles, was wir sagten, selbst wenn ich mich in mein Zimmer zurückzog oder flüsterte.

„Er ist ein Sexdämon!", rief ich wie selbstverständlich aus. „Saugen sie nicht das Leben aus ihren Liebhabern?"

„Nun ja", räumte Sophia widerwillig ein. „Aber das geschieht nicht über Nacht. Sie saugen nur einen winzigen Bruchteil aus ihnen heraus. Ein guter Meister kann seinen Dämon jahrzehntelang behalten."

„Ein winziger Teil ist schon ein bisschen zu viel! Ich bin erst siebenundzwanzig. Ich will nicht in zehn oder zwanzig Jahren umkippen, nur um fantastischen Sex mit einem Dämon zu haben! Und warum leuchten seine Augen?"

„Wie sie leuchten?", fragte sie.

„Er leuchtet einfach. Vorher waren sie nur dunkelrot. Jetzt sind sie heller und leuchten intensiver", sagte ich nervös, bevor ich mich zurückzog.

Als ich seinen Blick traf, sank mir das Herz. Das Leuchten hatte deutlich zugenommen und sein gesamtes Gesicht mit einem furchterregenden roten Schleier überzogen. Der Mundwinkel zuckte zu einem Anflug eines Knurrens.

„Okay, das ist nicht gut. Es leuchtet wirklich stark", sagte ich nervös.

„Er ist verärgert, weil du ihn untätig lässt. Gib ihm etwas zu tun", antwortete Sophia.

„Was denn zum Beispiel?", fragte ich, während mein Herz pochte, da er offensichtlich von Sekunde zu Sekunde wütender wurde.

„Irgendeine Aufgabe ... Ich weiß nicht. Sag ihm, er soll den Boden fegen!"

„Den Boden?! Ich will nicht ..."

Ein leises, bedrohliches Knurren ertönte von unten. Vazul starrte mich mit gefletschten Zähnen an. Sie schienen noch länger zu sein als zuvor, und aus seinen Fingerspitzen ragten nun bösartige Krallen hervor. So wie sein Körper angespannt und leicht nach vorne geneigt war, sah er nicht wie jemand aus, der Unfug treiben wollte. Er sah aus wie ein Raubtier, das sich auf seine Beute stürzen wollte.

„Oh Scheiße!", flüsterte ich, bevor ich meine Stimme erhob und ihn mit einer weit weniger selbstbewussten Stimme anschrie, als ich es mir gewünscht hätte. „Könntest du bitte den Boden fegen, während du darauf wartest, dass ich fertig werde?"

Ich bereitete mich darauf vor, dass er einen schrillen Schrei ausstieß, sein hübsches Gesicht sich plötzlich in zwei Hälften teilte und einen albtraumhaften Mund voller Zähne enthüllte, während er sich in rasender Wut auf mich stürzte, weil ich eine so unverschämte Forderung gestellt hatte.

Zu meiner Überraschung verschwand das furchterregende Leuchten augenblicklich, sein Körper entspannte sich und sein Knurren verwandelte sich in ein Lächeln. Ich starrte ihn ungläubig an, als er schnurstracks auf die Kammer zuging, die ich als den Besenschrank benutzte. Sekunden später kam er mit dem Besen zurück und machte sich an die Arbeit, beginnend an der Eingangstür.

„Willst du mich verarschen?", flüsterte ich fassungslos.

Das entfernte Geräusch einer Stimme erschreckte mich, und mir wurde klar, dass ich das Telefon an meiner Hüfte gehalten hatte, zu schockiert, um mich daran zu erinnern, dass ich ein Gespräch führte. Ich hielt das Telefon wieder an mein Ohr.

„Ist das hier wirklich wahr?", fragte ich Sophia.

Sie kicherte. „Ja. Das ist alles, was Lidercs tun. Sie arbeiten, beschaffen ihren Herren Reichtum und vögeln sie bis zum Umfallen. Du hast den Jackpot geknackt!"

„Das ist Wahnsinn!"

„Nein, Mädchen. Es ist verdammt großartig. Aber ich muss auflegen", antwortete Sophia. „Ich wollte nur sichergehen, dass du Angies Sachen herausgeholt hast. Wir wollen Mrs. Hopkins nicht verärgern. Nun beginnt die Hochzeit."

„Wie werde ich ihn los?", fragte ich panisch.

„Gar nicht! Genieße einfach die beste Zeit deines Lebens", antwortete Sophia mit singender Stimme. „Wir sprechen uns später!"

Bevor ich noch ein Wort sagen konnte, legte sie auf.

„Was für ein beschissenes Leben", murmelte ich, unsicher, was ich tun sollte.

Ich holte tief Luft und stieg die Treppe wieder hinunter, um nach meinem Dämon zu sehen. Die Böden waren eigentlich nicht besonders schmutzig, da ich sehr stolz darauf war, mein Haus sauber zu halten. Aber er hatte es trotzdem geschafft, eine bemerkenswerte Menge Staub anzusammeln. Sobald er mich bemerkte, verwandelte sich der friedliche Ausdruck auf seinem Gesicht in offensichtliche Enttäuschung.

„Du hast dich angezogen", sagte er in diesem missbilligenden Tonfall, den ich langsam immer besser kannte.

„Natürlich habe ich das", antwortete ich mit einem Hauch von Trotz.

„So ruinierst du mir die Aussicht", murmelte er, während er seine Arbeit gewissenhaft fortsetzte.

Ich wollte ihn zurechtweisen und hätte das wahrscheinlich auch tun sollen. Allerdings konnte ich nicht leugnen, dass ich mich sehr geschmeichelt fühlte, dass er mich so attraktiv fand. Andererseits war er vielleicht auch nur genervt von den zusätzlichen Hindernissen, die ihn davon abhielten, sein Ziel zu erreichen.

Aber er hatte ja gesagt, dass er die Aussicht schätze.

Ich schimpfte mich sofort selbst dafür, dass mein dummes Gehirn sich mit diesem Unsinn beschäftigte, anstatt zu versuchen, meine aktuelle missliche Lage zu lösen.

„Du kannst aufhören, den Boden zu putzen", sagte ich, immer noch beschämt darüber, dass ich ihm diese Aufgabe überhaupt übertragen hatte.

Zu meinem Erstaunen starrte er mich an, als hätte ich ihn gerade beleidigt.

„Auf keinen Fall! Meine Aufgabe ist noch nicht erledigt!"

Ich starrte ihn an, unsicher, wie ich darauf reagieren sollte.

„Oookay", sagte ich schließlich, während er sich weiterhin bewegte und seine Aufgabe mit beeindruckender Effizienz erledigte. „Aber du brauchst auch Kleidung. Nur kann ich dich nicht in der Stadt herumführen. Die Leute würden ausflippen, wenn sie einen Dämon sehen würden", fügte ich schüchtern hinzu.

Er schnaubte mit leicht verächtlicher Miene. „Ich bin ein Liderc, weißt du noch? Ich kann mein Aussehen nach Belieben verändern. Zum Beispiel so."

Ich war sprachlos, als seine Haut fast wie Wachsfigur zu schmelzen schien und sich sein gesamter Körper veränderte. Er gewann etwas an Körpermaße, mit breiteren Schultern und ausgeprägteren Muskeln. Seine ursprüngliche Größe – die ich auf etwa 1,95 m schätzte – wuchs um ein paar Zentimeter. Seine kohlschwarze Haut verwandelte sich in ein köstliches Dunkelbraun, ein paar Nuancen dunkler als meine. Er sah mich mit seinen haselnussbraunen Augen an, die vor Siegesfreude funkelten, während er mich mit seinem göttlichen Gesicht anlächelte, das in vielen meiner erotischen Träume eine wichtige Rolle gespielt hatte.

„Woher wusstest du das?", flüsterte ich fassungslos.

Er grinste selbstgefällig. „Ich muss dich wohl noch einmal

daran erinnern, dass ich ein Liderc bin. Ich kenne die tiefsten Fantasien jedes Menschen. Wie soll ich sie sonst befriedigen?"

„Okay, TMI!", sagte ich, hob meine Hände in einer abwehrenden Geste und schüttelte den Kopf.

„TMI?", wiederholte er und neigte den Kopf mit einem fragenden Ausdruck zur Seite.

„Zu viele Informationen", antwortete ich.

Allerdings begann mein dummes Gehirn sofort darüber nachzudenken, was für seltsame Dinge er wohl über mich sehen könnte. Abgesehen von den Vorlieben, die ich bereits über mich selbst wusste, was könnte mein Unterbewusstsein noch heimlich verbergen, das diesem Dämon offenbart werden könnte, ohne dass ich davon wusste?

Vazuls Grinsen wurde breiter, als er verschwörerisch mit den Augenbrauen wackelte, was meine Beschämung nur noch verstärkte. Und dann wurde sein massiver schwarzer Schwanz hart.

„HÖR DAMIT AUF!", rief ich und wandte meinen Blick ab.

„Hör auf, schmutzige Gedanken zu haben, dann wird mein Körper auch nicht mehr so reagieren", entgegnete Vazul nonchalant mit einem Achselzucken.

„Dann hör auf, meine Gedanken zu lesen! Ich kann nichts dafür, welche verrückten Gedanken mir durch den Kopf gehen!", antwortete ich defensiv.

„Ich lese sie nicht. Du projizierst deine Wünsche lautstark, weil dein Unterbewusstsein will, dass ich etwas dagegen unternehme", antwortete er spöttisch.

Offensichtlich wusste ich zu wenig über seine Art, um zu erkennen, ob seine Antwort ehrlich war oder nur eine Manipulation. So oder so, diese ganze Situation war zum Kotzen.

„Scheiß auf mein Leben", murmelte ich.

„Dein Leben?", antwortete er mit einem amüsierten Gesichtsausdruck. „Das kann ich nicht. Aber du hingegen ...."

„Genug!", rief ich und warf meine Hände in die Luft. „Was zum Teufel soll ich mit dir machen?"

„Viele Dinge, Herrin. Soll ich es dir zeigen?", fragte er auf eine unangenehm anzügliche Art und Weise.

„BÄH!", knurrte ich verärgert, bevor ich in meine Werkstatt stürmte.

Sein selbstgefälliges Grinsen folgte mir, bis ich die Tür hinter mir zuschlug. Ich stand da und betrachtete all die Arbeit, die auf mich wartete und durch das ganze Chaos dieses Tages aus der Bahn geworfen worden war. Ich stöhnte innerlich und fühlte mich überfordert. Ich war so kurz vor dem Ziel und doch so weit davon entfernt.

Die Eröffnung meines Miniatur- und Möbelgeschäfts war mein Lebenstraum gewesen. Nur noch ein paar Wochen trennten mich von der großen Eröffnung. Ich hatte sie bewusst nur wenige Tage nach der großen Miniaturmesse geplant, die nächste Woche stattfinden würde. Ich hoffte, dort als Aussteller viel Aufmerksamkeit zu bekommen. Hoffentlich würde ich genug Umsatz machen, um einen beträchtlichen Geldzufluss zu erzielen, der mir in den ersten Monaten nach der Gründung meines Unternehmens helfen würde.

Wie immer war ich zu ehrgeizig gewesen. Meine verrückte Fantasie war mein ewiger Untergang. Die gesamte Sammlung drehte sich um das Thema „Geister in der viktorianischen Ära" der Messe. Ich hatte mehrere Miniaturvillen, Geschäfte, Straßen, Parks und sogar einen Jahrmarkt geschaffen. Jedes Gebäude oder jeder Außenbereich war in Räume oder Bereiche unterteilt, die einen Teil der Spukgeschichte vermittelten.

Der breite Tisch im Hintergrund war überfüllt mit einzelnen Requisiten, die die Besucher kaufen konnten, um ihre eigenen Miniaturwelten zu bevölkern oder zu dekorieren, darunter winzige viktorianische Möbel, Figuren mit zeitgenössischer Kleidung und Frisuren, Haustiere, Kutschen, Pflanzen und alles, was dazwischen lag. Viele dieser Gegenstände waren ursprüng-

lich für meine anderen Kreationen gedacht, passten aber letztendlich nicht wirklich dazu.

Meine Hauptkreationen – und das, worauf ich mein Geschäft
aufbauen wollte – waren jedoch Möbel in Standardgröße mit
eingebauten Miniaturen. Schließlich waren Bücherregale nicht
die einzigen, die eine Aufwertung durch Einbauten für Lese-
ecken verdienten. Mein Blickfang war mein Couchtisch mit
einem eingebauten Alchemistenlabor. Durch die dicke Glasplatte
konnte man die detailreiche Schönheit des Raumes mit interaktiven Elementen wie elektrischen Lichtern und Tesla-Spulen
genießen. Ich hatte den Tisch so entworfen, dass man die eingebaute Miniatur durch ein anderes Thema ersetzen konnte, z. B.
eine Bibliothek, eine geheimnisvolle Gasse usw. Für die Messe
war die zweite eingebaute Option eine verwunschene viktorianische Straße.

Die heutigen Ereignisse haben meine Pläne komplett durch-
kreuzt. Das Abholen von Angies Sachen hat meinen ganzen
Vormittag an Anspruch genommen. Jetzt hatte ich es mit einem
verdammten Dämon zu tun, anstatt das fehlende Material zu
bestellen und mich wieder an die Arbeit zu machen, um meine
Sammlung rechtzeitig fertigzustellen. Mit meiner ADHS konnte
ich mich nicht einmal entscheiden, was ich zuerst tun sollte.

Ich hasste den Gedanken, dass Vazul Angie in irgendeiner
Weise begaffte. Dass er ihren nackten Körper so betrachten
könnte, wie er es mit meinem getan hatte, versetzte mein Blut in
eine urwüchsige Wut. Was zum Teufel war mit mir los? Benutzte
er irgendeine Art von Macht über mich, um mich dazu zu bringen, ihn zu begehren?

Ich starrte auf meinen Laptop, der auf meinem Schreibtisch
stand. Ohne weiter darüber nachzudenken, ging ich direkt darauf
zu, ließ mich auf meinen Stuhl fallen und versuchte, etwas über
seine dämonische Spezies zu recherchieren. Zu meiner Bestürzung tauchte nichts auf, was mit dem Namen übereinstimmte,
den sowohl Vazul als auch Sophia für seine Spezies angegeben

hatten. Ich probierte verschiedene Schreibweisen aus: *Lieeederg*, *Leedirck*, *Liederck* und sogar Varianten mit einem einzigen „e" in der ersten Silbe, aber ohne Erfolg. Und wenn ich nach Sexdämonen suchte, sprach jedes einzelne Ergebnis von einem Incubus, einem Succubus oder den menschen-dämonischen Mischlingsnachkommen, die Cambions genannt wurden.

Vielleicht sollte ich versuchen, Angie noch einmal anzurufen.

Der sofortige Ekel und die fast besitzergreifende Wut, die dieser Gedanke in mir auslöste, überraschten mich. Es stand außer Frage, dass Angie sich sofort auf ihn stürzen würde, sobald sie herausfand, dass das Ei geschlüpft war. Sie liebte es einfach, Dinge zu horten und alles, was auch nur im Entferntesten einzigartig war, mit ihrem Eigentumsstempel zu versehen, damit sie damit prahlen konnte, dass sie Dinge besaß, die sonst niemand hatte. Aber es war eine noch irrationalere Emotion, die eine so starke Reaktion in mir auslöste.

Bevor ich in diesen bodenlosen Abgrund der Unentschlossenheit stürzen konnte, der mich lähmen würde, öffnete sich die Tür und erschreckte mich. Völlig unbeeindruckt, als wäre er gerade in sein eigenes Büro gestürmt, begann Vazul, den Boden zu fegen. Er hatte wieder sein normales dämonisches Aussehen angenommen.

Ich starrte ihn an, meine widersprüchlichen Gefühle waren zu durcheinander, als dass ich sie hätte sortieren können.

„Okay, du brauchst wirklich Kleidung", murrte ich.

Er unterbrach das Kehren, um mich anzusehen, breitete dann die Arme aus und blickte an sich hinunter.

„Und diese fantastische Aussicht ruinieren?", fragte er.

Ich verzog das Gesicht. „Bist du nicht ein bisschen zu egozentrisch?"

Er zuckte mit den Schultern. „Das ist kein Ego, sondern eher Selbstvertrauen, das auf Fakten basiert."

Ich verdrehte die Augen und suchte nach einer schlagfertigen Antwort, um ihn ein wenig in seine Schranken zu weisen. Als

ich jedoch sah, wie er einen Blick auf meine Miniaturensammlung warf und dann unbeeindruckt die Nase rümpfte, versteifte
sich mein Rücken augenblicklich.

„Ugh! Was für eine furchtbare Umsetzung einer brillanten
Idee", sinnierte er laut.

„Wow! Warum sagst du nicht einfach, was du wirklich
denkst?", rief ich tief verletzt aus.

„Das habe ich gerade getan", antwortete er sachlich und sah
mich verwirrt an, als würde er meine Intelligenz in Frage stellen.

Ich hatte mein Herzblut in dieses Projekt gesteckt. Zu
behaupten, dass ich Blut, Schweiß und Tränen dafür vergossen
hatte, wäre weder eine Plattitüde noch eine Untertreibung. Es so
brutal verrissen zu bekommen, war niederschmetternd.

„Das war unglaublich unhöflich und verletzend", entgegnete
ich scharf, fassungslos darüber, dass er so blind sein konnte.

Er neigte verwirrt den Kopf zur Seite. „Willst du, dass ich
lüge?"

Ich starrte ihn mit offenem Mund an. War er wirklich so
begriffsstutzig oder einfach nur ein Idiot?

„Raus hier", fauchte ich.

„Ich habe noch nicht aufgeräumt ..."

„RAUS HIER!", schrie ich und zeigte wütend auf die Tür.

Er verzog das Gesicht, als wäre ich das unlogischste Wesen,
dem er je begegnet war, schnaubte und verließ dann den Raum.
Ich sank in meinen Stuhl zurück und seufzte resigniert.

KAPITEL 3
VAZUL

Ich fegte die Böden im Obergeschoss mit weit mehr Kraft als nötig, ein deutliches Zeichen meiner Verärgerung. Andererseits wäre vielleicht „Unbehagen" das passendere Wort, was mich sehr störte. Die Emotionen, die meine Coral ausstrahlte, gefielen mir überhaupt nicht. Selbst durch die Distanz gedämpft, schmeckten sie im Vergleich zu denen, die sie zuvor gezeigt hatte, widerlich.

Ich liebte das unterdrückte Verlangen und die aufkeimende Faszination, die sie für mich empfand. Nichts war für mich köstlicher, als den letzten Widerstand eines Ziels zu brechen, das darauf aus war, erobert zu werden. Und meine Herrin wollte, dass ich alle möglichen unaussprechlichen Dinge mit ihr tat, sobald sich ihr Bewusstsein mit den geheimen Wünschen ihres Unterbewusstseins versöhnt hatte.

Warum war sie so verdammt beleidigt? Ich sprach ehrlich. Das gesamte Konzept ihres Projekts war in der Tat brillant. Ein kurzer Blick genügte mir, um die Kreativität, die makellose Erzählweise, den innovativen Ansatz, den sie bei einigen Möbeln gewählt hatte, und den harmonischen Fluss jedes einzelnen Elements, das sie geschaffen hatte, zu würdigen. Es war wirklich wunderbar. Aber die Ausführung war mehr als furchtbar. Die Verarbeitung war mangelhaft. Einige der Miniaturmöbel waren nicht richtig skaliert oder nicht ganz eben. Die Materialien, die sie für die Dachschindeln oder die künstlichen Decken verwendet hatte, waren miserabel.

Anstatt mich hinauszuwerfen, hätte Coral mir dafür danken sollen, dass ich sie darauf hingewiesen habe, dass ihr Konzept verbessert werden könnte, und mich dann bitten sollen, es zu korrigieren. Schließlich war das der ganze Sinn eines Lidercs.

Aber sie hat keine Ahnung von meiner Art.

Wie war das überhaupt möglich? Sie hat mich ausgebrütet. Man tanzte nicht stundenlang mit einem Ei unter dem Arm herum, nur zum Spaß. Zugegeben, sie behauptete, sie habe es nur mitgenommen, weil sie keinen anderen Platz dafür hatte, aber ich spürte, wie sie sich um die Sicherheit meines Eies sorgte. Sie befürchtete, dass mir irgendwann etwas zugestoßen sein könnte. Wie konnte sie also behaupten, sie habe keine Ahnung, was ich war?

Normalerweise waren die Menschen außer sich vor Freude, wenn sie einen von uns erfolgreich ausgebrütet hatten. Sie verstanden unseren Wert und wie unschätzbar wertvoll wir sein konnten. Aber sie wollte mich nicht. Sie wollte mich wirklich loswerden und mich dorthin zurückschicken, wo ich herkam.

Das hat meine Gefühle wirklich verletzt – etwas, von dem ich nie gedacht hätte, dass ich es jemals sagen würde.

Offensichtlich begehrte sie mich. Wie hätte sie auch nicht? Abgesehen davon, dass ich wusste, dass ich von Natur aus sehr attraktiv war, war ich ein Sexdämon. Unsere grundlegende Ausstrahlung zog die Menschen instinktiv zu uns hin. Trotzdem erwog sie immer noch, mich loszuwerden. Und meine Worte schürten dieses Feuer nur noch mehr.

Das ging so nicht weiter.

Schließlich hatte ich mich auch für sie entschieden. Es gab einen Grund, warum so viele Anwärter daran scheiterten, sich ihre eigenen Lidercs zu sichern. Ich würde mich nicht so leicht entlassen lassen. Wie auch immer, sie würde bald herausfinden, dass das keine so einfache Aufgabe war. Und ich würde es ihr noch unmöglicher machen, dieses lächerliche Ziel zu erreichen. Ich war *ihr* Liderc, und sie war *meine* Herrin. Niemand würde mir ohne meine Zustimmung das wegnehmen, was mir rechtmäßig gehörte. Und ich war nicht bereit, mich von ihr zu trennen.

Vielleicht sollte ich mich einfach entschuldigen ...

Aber sie befahl mir, zu verschwinden. So sehr ich auch mit ihren Befehlen nicht einverstanden war, ich musste gehorchen. Sonst hätte ich sie darauf hingewiesen, wie unvernünftig sie war. Deshalb musste ich mich fügen.

Sie hat mir nicht verboten, zurückzukehren.

Wenn es darum ging, Schlupflöcher auszunutzen, waren Dämonen und andere Wesen der Unterwelt Meister darin, die Ritzen zu finden, durch die sie schlüpfen konnten. Ein fast bösartiges Grinsen huschte über meine Lippen, bevor mich eine weitere Welle widersprüchlicher Gefühle meiner Herrin erneut irritierte.

Sie schwankte zwischen Verzweiflung und Entschlossenheit, Niederlage und Hoffnung, Ärger und Verwirrung, und dann wieder zurück zum Anfang. Ich wollte zurück nach unten rennen, ihr den Unsinn aus dem Kopf schlagen, sie besinnungslos vögeln, um sie daran zu erinnern, was für einen Schatz sie jetzt in mir hatte, und dann die chaotischen Teile ihres Projekts reparieren, während sie sich in der Nachglühphase sonnte.

Zufrieden mit diesem Plan beeilte ich mich mit meiner Arbeit, damit ich zu meiner Coral zurückkehren konnte. Gerade als ich nach unten gehen wollte, sah ich mein Spiegelbild in ihrem Spiegel.

Verdammt, ich sehe wirklich verdammt gut aus!

Ich nahm ein paar Posen ein und bewunderte die Konturen

meines Schwanzes und wie mein inneres Feuer zwischen einigen der Rillen auf Kommando glühte. Der Gedanke, wie wahnsinnig vor Lust meine Frau dadurch werden würde, ließ mich innerhalb von Sekunden hart werden.

Aber sie ärgert sich über meine Nacktheit.

Ich sträubte mich sofort gegen den Gedanken, mich zu bedecken. Wie sollte ich sie richtig verführen, ohne alles zu zeigen, was ich zu bieten hatte?

Du bist mehr als nur ein heißer Körper.

Stimmt. Ich war viel mehr. Tatsächlich war ich alles, was sie nicht einmal wusste, dass sie wollte oder brauchte. Da wurde mir klar, dass ich das Ganze falsch angegangen war. Sie verstand nicht, was ich war. Deshalb beunruhigte meine Direktheit sie. Ihre Emotionen zeigten deutlich, dass sie erst aufgemuntert werden musste, bevor wir ein rationaleres Gespräch führen konnten, das schließlich dazu beitragen würde, ihre ärgerlichen Barrieren abzubauen. Ihre Grenzen zu überschreiten, indem ich mit meinem übermäßig eifrigen Schwanz in voller Pracht zurück in ihre Werkstatt stolzierte, würde mir keine Vorteile bringen.

Ich durchsuchte ihren Kleiderschrank und ihre Schubladen und achtete darauf, alles wieder genau an seinen Platz zurückzulegen – obwohl ich ein paar Dinge, die nicht perfekt positioniert waren, neu ausrichtete. Ihr schlanker Körperbau passte nicht zu meiner viel muskulöseren Statur, wenn es um Kleidung ging. Ich liebte alles in ihrem Kleiderschrank und stellte mir bereits vor, wie perfekt es die köstlichen Kurven ihres Körpers umschmeicheln würde. Und dieser Hintern von ihr ...!

Mir lief das Wasser im Mund zusammen, wenn ich daran dachte, wie perfekt rund und prall er sich unter meiner Handfläche angefühlt hatte, als ich nachgesehen hatte, wie sehr sie ihn sich bei diesem absurden Sturz geprellt hatte. Ich wollte immer noch mit den Augen rollen, wenn ich daran dachte, wie sie versucht hatte, vor mir wegzulaufen.

Nach einigem Stöbern fand ich endlich das perfekte Outfit.

Abgesehen davon, dass es das einzige war, das passte, sah es an mir so lächerlich aus, dass es zweifellos das gewünschte Ergebnis erzielen würde.

Ich ging barfuß und ohne Hemd zurück nach unten. Ein seltsames Kribbeln lief mir über den Rücken, als ich an die Tür klopfte und sie dann schnell öffnete, um zu verhindern, dass sie mich wegschickte, bevor sie mich sah.

Wie erwartet drehte sie mit wütendem Gesichtsausdruck ihren Kopf zur Tür.

„Ich sagte, geh ... Was zum Teufel?", rief sie aus, als sie mein Aussehen sah.

Ich musste meine ganze Willenskraft aufbringen, um nicht in Gelächter auszubrechen. Dennoch konnte ich mir ein selbstgefälliges Lächeln nicht verkneifen, als ihre Wut der Überraschung wich und sie anfing zu kichern. Der unangenehme Beigeschmack ihrer vorherigen Emotionen verblasste und brachte den angenehmen Geschmack zurück, nach dem ich bereits süchtig geworden war.

„Was zum Teufel hast du denn da an?", fragte Coral ungläubig und kicherte immer noch.

„Du hast gesagt, ich solle mich anziehen. Das habe ich getan. Es entspricht nicht ganz meinem Geschmack, aber es passt doch ganz gut, oder?", fragte ich, klimperte mit den Wimpern, bevor ich eine Pose einnahm, mich um 360 Grad drehte, um ihr einen Rundumblick zu ermöglichen, und dann eine letzte Pose einnahm.

Sie kicherte erneut. Verdammt, ich wollte mich an diesen Emotionen laben. Aber da der Verzehr meine Augen zum Leuchten brachte, wollte ich diesen fragilen Waffenstillstand nicht durch zu große Gier zerstören.

„Richtig, aber das hier? Ein rosa Tutu an einem muskulösen Sexdämon ist mehr als albern", antwortete sie in einem sanft tadelnden Ton.

„Aber es hat dich zum Lachen gebracht", erwiderte ich sachlich. „Deine glücklichen Emotionen sind angenehm und viel schöner als das, was du zuvor ausgestrahlt hast."

Ihr Lächeln verschwand augenblicklich, und sie starrte mich an, wobei ihr Groll wieder die Oberhand gewann.

„Dann hättest du meine Arbeit nicht so massiv kritisieren sollen", schnauzte sie mich an und verschränkte wütend die Arme vor der Brust.

„Ich habe deine Arbeit nicht schlechtgemacht", warf ich bestimmt ein. „Habe ich nicht gesagt, dass das Konzept brillant ist? Denn das ist es absolut, ebenso wie die Kreativität. Aber die Umsetzung lässt zu wünschen übrig. Es tut mir leid, wenn meine Wortwahl dich verletzt hat. Ich bin es gewohnt, direkt zu sein, nicht unbedingt diplomatisch. Hier, ich zeige es dir."

Coral verzog das Gesicht und schien sich nicht sicher zu sein, ob sie mir schon vergeben wollte. Allerdings schien sie durch die Aufrichtigkeit in meiner Stimme etwas besänftigt zu sein. Sie stand von ihrem Schreibtisch auf, an dem sie offenbar Materialien bestellt hatte. Ich bedeutete ihr, näher zu kommen, während ich mich über den Tisch in der Mitte beugte, auf dem viele der fast fertiggestellten Miniaturgebäude standen.

„Die Tapete in diesem Wohnbereich ist atemberaubend. Aber du kannst hier erkennen, dass sie nicht gerade ist. Das muss noch einmal gemacht werden, da die Wanddekorationen, die du angebracht hast, insbesondere die Gemälde, die Mängel wirklich hervorheben", erklärte ich in einem so freundlichen Ton, wie ich es nur konnte. „Die Größe dieses Sofas passt perfekt in diesen Raum. Aber wenn man sich das benachbarte Sofa auf der anderen Seite der Trennwand ansieht, fällt die erhebliche Diskrepanz auf. Das Wohnzimmer scheint einen Riesen zu beherbergen, während das Arbeitszimmer eher für einen Zwerg zu sein scheint. Konsistenz ist ein Muss."

Coral ließ die Schultern hängen. „Ich weiß. Diese Couch steht ganz oben auf meiner langen Liste von Dingen, die ich reparieren und neugestalten muss."

Ich lächelte ihr zustimmend zu. „Gut. Es gibt ein paar Tricks, die ich dir gerne verrate, um den Prozess zu beschleunigen."

Dann zeigte ich auf das Esszimmer der Spukvilla.

„Dieser Tisch hat ein wunderschönes Design, perfekte Maße und passt großartig zur Umgebung und zur Epoche. Aber alles, was ich sehe, ist dieser Stuhl am Kopfende des Tisches."

Ich konnte mich gerade noch davon abhalten, stattdessen „*schrecklicher* Stuhl" zu sagen. Das hätte meine Versöhnungsbemühungen komplett zunichte gemacht.

Ich hob den Stuhl hoch, nahm eine Feile und begann, das überschüssige Material abzuschleifen, das die Beine ungleichmäßig machte, wobei eines davon etwas dicker als die anderen drei war. Als ich fertig war, stellte ich ihn zurück in das offene Miniaturhaus und warf ihr einen Blick zu.

„Ist es jetzt nicht besser?", fragte ich mit sanfter Stimme.

Sie verzog das Gesicht und nickte dann. „Diese blöden Beine machen mir immer zu schaffen."

„Die Verarbeitung ist zwar nicht perfekt, aber es macht einen großen Unterschied", sagte ich. „Obwohl es jetzt besser ist, würde ich trotzdem gerne alle Stühle und den Tisch in einem wärmeren Braunton lackieren, um sie noch besser zur Geltung zu bringen."

Dann deutete ich auf das Obergeschoss des dreistöckigen Puppenhauses und lenkte ihre Aufmerksamkeit auf das, was wie das Hauptschlafzimmer aussah. Sie hatte eine hübsche Tagesdecke aus weichem Filzstoff hergestellt, die jedoch steif wirkte.

„Diese Decke? Tolle Idee, wunderschöne Farbe und Platzierung, die dem Raum Leben und Wärme verleiht. Aber sie ist zu steif, um natürlich zu wirken. Ich hätte es stattdessen so gemacht", erklärte ich und zeigte darauf.

Ich fand es toll, dass meine Herrin, obwohl sie ein wenig enttäuscht war, dass ich die Mängel hervorhob, mir dennoch mit offenem Interesse zuhörte. Ich eilte zu der Theke links neben der Tür, wo viele ihrer Bastelmaterialien auf recht ansprechende

Weise organisiert waren. Da ich in Bezug auf Ordnung und Perfektion zwanghafte Tendenzen hatte, gefiel mir das sehr gut.

Andererseits musste ich mein Verlangen unterdrücken, einen ihrer Perlenbehälter ein paar Millimeter nach rechts zu verschieben, damit er gleichmäßig zu den anderen abstand ...

Ich nahm eine Nadel von einem Kissen und einen waldgrünen Knäuel aus dünnem Spitzen-Garn. Die gesteigerte Neugier meiner Frau kam meinen exhibitionistischen Neigungen entgegen, in diesem Fall nicht in sexueller Hinsicht, sondern einfach meinem schamlosen Bedürfnis, meine vielen Fähigkeiten und Talente zu zeigen.

Ich legte das Garn auf den Ausstellungs-Tisch neben dem Puppenhaus und hielt dann die Nadel zwischen zwei Fingern, mit der scharfen Spitze nach oben. Mit meinem rechten Zeigefinger beschwor ich mein Feuer herauf. Coral schnappte nach Luft, als meine Fingerspitze sich dunkelrot färbte, bevor eine Flamme um sie herum tanzte. Ich drückte meinen Finger auf die scharfe Spitze der Nadel und bog sie so, dass sie einen Haken bildete. Dann nahm ich die verbleibende Hitze aus der Nadel auf, kühlte sie sofort ab und löschte mein Feuer. Nachdem ich meine Aufgabe erfüllt hatte, schwenkte ich meine neu improvisierte Miniatur-Häkelnadel triumphierend vor meiner Herrin.

Der verblüffte Ausdruck der Verwunderung auf ihrem Gesicht streichelte mein Ego unendlich. Ich schwelgte in den faszinierten und aufgeregten Emotionen, die sie umgaben, als ich den dünnen Faden des Garns zog und begann, die zarteste Decke mit einigen Spitzenmustern in der Mitte zu häkeln.

„Willst du mich verarschen?", flüsterte Coral völlig ungläubig vor sich hin, als das Gewebe vor ihren Augen zum Leben erwacht war.

Ich brauchte nur wenige Minuten, um meine Aufgabe zu erledigen, bevor ich sie vorsichtig auf das Bett legte. Ich drehte mich mit einem selbstgefälligen Ausdruck zu ihr um. Ihr Blick ruhte voller Ehrfurcht auf der Decke, bevor sie mich ansah.

„Das ist wunderschön", sagte sie mit gedämpfter Stimme, voller Bewunderung und einem Hauch von Traurigkeit, der mir nicht gefiel. „Ich wollte solche Dinge auch machen, aber mir fehlt die Zeit, das Können und die Konzentration. Ich weiß, was ich tun und wie ich es tun möchte. Aber mein dummer Verstand schweift einfach ab, lässt sich ablenken, und am Ende versuche ich verzweifelt, die Dinge zu erledigen."

„Dein Geist ist nicht dumm, er ist brillant und fantasievoll. Was du geschaffen hast, ist nicht nur eine Reihe von Miniaturen, es ist eine Emotion, eine Reise, eine Geschichte, in die die Menschen eintauchen wollen. Du brauchst nur einen kleinen Anstoß, um es auf ein Niveau zu bringen, das deiner Vision würdig ist. Und da komme ich ins Spiel."

„Ich kann dich doch nicht zwingen, meinen Mist zu reparieren!", rief sie empört aus.

Wäre ich nicht so peinlich berührt gewesen, dass sie tatsächlich hoffte und wünschte, ich würde ihr meine Hilfe gewähren, hätte ich mich vielleicht beleidigt gefühlt. Aber die dumme Frau fühlte sich wirklich schrecklich bei dem Gedanken, mich auszunutzen. Meine Coral war auf entzückende Weise ahnungslos.

„Doch, das kannst du, und ich verlange nichts weniger", erwiderte ich mit strenger Stimme. „Ich bin dein Liderc. Dinge zu reparieren und dein Leben besser zu machen, ist mein einziger Zweck. Mich abzulehnen, wäre nicht nur eine Beleidigung, sondern geradezu grausam."

Sie blinzelte und wusste nicht, wie sie reagieren sollte.

„Ich möchte dich nicht zu meinem Sklaven machen", erklärte sie vorsichtig.

Ich warf ihr einen „Im Ernst?"-Blick zu. „Ich bin ein Liderc. Wir ‚müssen' beschäftigt werden, um zu gedeihen. Ich dachte, du hättest das inzwischen nachgeschlagen."

„Ich habe es versucht!", rief sie aus und warf die Hände hoch. „Es gibt keine *Lieedergs* oder *Leedarcks*, wie auch immer man das ausspricht. Schau mal!"

Coral ging zurück zu ihrem Laptop und wechselte zu einem anderen Tab ihres Browsers, wo ihre Suche noch vollständig angezeigt wurde. Ich verdrehte die Augen über die Schreibweise, auch wenn ich es irgendwie unglaublich süß fand.

„Klar. Mit dieser Schreibweise würdest du es nicht finden. Es ist ein ungarisches Wort. Es wird zwar *lieedergs* ausgesprochen, aber eigentlich schreibt man es Liderc", sagte ich neckisch.

Sie starrte mich einige Sekunden lang mit offenem Mund an, bevor sie das Wort mit der richtigen Schreibweise eintippte. Nun füllte eine ganze Reihe von Ergebnissen den Bildschirm. Sie murmelte eine Reihe von Schimpfwörtern, die mich zum Grinsen brachten.

„Jetzt lies es dir durch", befahl ich und zeigte mich ziemlich dreist, wenn man bedachte, dass ich eigentlich der Diener sein sollte.

Ein Teil von mir fragte sich, warum ich so offen zu ihr war. Corals Ahnungslosigkeit bot mir eine einmalige Gelegenheit, die Situation auszunutzen. Und doch wollte ich aus einem mir unerklärlichen Grund, dass sie vollständig verstand, wer und was ich war, und mich vollkommen akzeptierte. Im Laufe der Jahrhunderte hatte ich anderen Herren gedient, aber keiner hatte sich jemals so angefühlt wie sie. Sie waren gierig und egoistisch gewesen und hatten mich als Eigentum betrachtet, das sie nach Belieben benutzen konnten, ohne Rücksicht auf meine Wünsche zu nehmen. Auf einer instinktiven Ebene verstand ich, dass diese Frau anders war. In Wahrheit war es genau dieser Unterschied, der mich angezogen und überzeugt hatte, zu schlüpfen.

Coral warf mir einen zögernden Blick zu, bevor sie sich fügte. Die ganze Zeit über sog ich jede ihrer Emotionen in mich auf und studierte ihre Reaktionen, um mehr über meine Art zu erfahren, einschließlich unserer Stärken und Schwächen.

„Warte. Du willst dich auf meine Brust setzen, mich ersticken und meine Lebenskraft aussaugen, während ich schlafe?", rief sie entsetzt aus.

Ich lachte leise. „Nur, wenn du mich nicht genug beschäftigst oder mich nicht fütterst", antwortete ich trocken.

Sie murmelte etwas Unverständliches und las dann weiter.

„Was hat es mit dem Hühnerfuß auf sich?", fragte sie kurz darauf, während sie auf meine Beine starrte.

Ich schnaubte. „Geringere Lidercs haben Hühnerfüße, die sie selbst nach ihrer Verwandlung nicht verbergen können. Ich gehöre nicht zu ihnen. Du hast die Elite unter unseren Artgenossen zu Diensten."

Jetzt war sie an der Reihe, über meine pompöse Art zu sprechen, zu schnauben.

„Dein Ego kennt keine Grenzen."

„Ist es Ego, wenn es nur eine Feststellung ist?", sinnierte ich laut mit übertrieben introspektivem Gesichtsausdruck.

Sie lachte erneut und schüttelte den Kopf, als wäre ich ein hoffnungsloser Fall. Coral las noch ein paar verschiedene Websites durch, bevor sie sich auf ihrem Schreibtischstuhl umdrehte, um meine Gesichtszüge zu studieren.

„Du gehörst mir, seit ich dich ausgebrütet habe. Ich muss dir Aufgaben oder Pflichten geben, sonst wirst du verrückt. Du musst jeden Befehl befolgen, den ich dir gebe, egal wie du darüber denkst. Dein Hauptziel ist es, mein Leben zu erleichtern und mich zu bereichern. Du kannst mir den wildesten Sex bieten, den ich mir jemals erhoffen konnte. Und der einzige Weg, wie wir uns trennen können, ist entweder, dass ich sterbe oder dass ich dir eine so unmögliche Aufgabe stelle, dass du dich bei dem Versuch umbringst. Habe ich das alles richtig verstanden?"

„Ja", bestätigte ich mit einem Nicken.

„Das ist total bescheuert!", rief Coral aus.

„Nein, Herrin. Das ist in jeder Hinsicht fantastisch. Mit meiner Hilfe bekommst du bald alles, was du dir jemals gewünscht hast, und dazu noch atemberaubenden Sex auf Abruf. Was willst du mehr?"

„Nun ... Wenn du es so sagst", gab sie schüchtern zu.

Ich legte meine Hände auf die Armlehnen ihres Sessels und beugte mich verführerisch vor.

„Was hast du gerade gesagt, dass du mich loswerden willst?", neckte ich sie.

„Ich weiß es nicht mehr", antwortete sie, während ihre Augen auf meine Lippen geheftet waren und der köstliche Duft ihrer Erregung zaghaft erwacht war.

Ich schnurrte und beugte mich noch näher zu ihr hin, meine Lippen nur ein Haarbreit von ihren entfernt. Gerade als ich sie küssen wollte, legte Coral ihre Handflächen auf meine Brust und drückte mich zurück.

„Aber ich lasse dich nicht in diesem Outfit!", erwiderte sie, in einem letzten verzweifelten Versuch, der Versuchung zu widerstehen.

Ich warf einen Blick auf das lächerliche Tutu, das noch immer meine Scham bedeckte, und riss es kurzerhand herunter, sodass es zu meinen Füßen zu Boden fiel.

„Dann behalte mich so, wie ich bin, unbekleidet und ganz dir gehörend."

KAPITEL 4
CORAL

Gott sei mir gnädig! Vazul war die größte Versuchung, der ich je begegnet war. Jede Faser meines Wesens schrie mich an, dieses unerwartete Geschenk des Himmels einfach zu genießen. Nun, technisch gesehen war es eher ein Geschenk von unten. In meinem Kopf schwirrten alle Gründe herum, warum das eine schlechte Idee war. Gleichzeitig schrie mich die böse kleine Stimme, die mich immer dafür beschimpfte, dass ich so eine langweilige Spielverderberin war, an, den Tag zu nutzen … und den Schwanz dieses schönen Dämons.

Ich fühlte mich wohl mit meiner Sexualität. Ich schlief zwar nicht mit jedem, aber ich hatte keine Bedenken, mich auf einvernehmliche Haut-an-Haut-Momente einzulassen. Vazul war mein ganz persönlicher Sexdämon. Die Intimität mit ihm würde unglaublich sein. Warum hielt ich mich also zurück? Wenn es mir doch völlig egal war, was andere über mich dachten, warum sollte ich mir dann nicht gönnen, wonach ich mich sehnte?

Ich konnte nicht sagen, ob mein Gesichtsausdruck, meine Körpersprache oder seine Fähigkeit, Emotionen zu lesen, den Moment verrieten, in dem ich endlich nachgab. In einem Moment starrte er mich in seiner prächtigen Nacktheit an, und im nächsten lagen seine Hände auf meinen Oberschenkeln, streichelten meinen kurzen roten Rock hinauf, während er sich vorbeugte, um meine Lippen zu erobern.

Seine Hände waren unglaublich warm, genau wie sein Mund, aber nicht auf unangenehme Weise. Die Wärme drang in mich ein und ließ mich sofort entspannen, auch wenn sie mein Blut in Wallung brachte. Ein dumpfes Pochen erwachte zwischen meinen Schenkeln, als seine Zunge meine Lippen neckte und um Einlass bat. Ich wehrte mich nicht, sondern hieß seine eindringende Zunge willkommen. Sein warmer Atem ließ mich ein Kribbeln im Hals verspüren. Ich konnte das Gefühl nicht beschreiben, aber ich war zu sehr mit seinem köstlichen Geschmack nach Pfirsich und Zimt beschäftigt, als sich unsere Zungen vermischten.

Seine brennenden Hände legten sich auf meinen Po, während er mich hochhob. Ich keuchte gegen seine Lippen und schlang instinktiv meine Arme und Beine um ihn. Ein Schauer durchfuhr mich, als ich eine steife Stange gegen meinen Bauch drücken spürte, während er mich durch den Raum trug. Zu meiner Überraschung setzte er mich nicht auf die bequemen Kissen der Couch in der Werkstatt, sondern setzte mich stattdessen auf die rechte Armlehne, mit dem Gesicht nach außen.

Vazuls Hände waren überall auf mir, tasteten, streichelten, erkundeten mich mit der Besitzergreifung eines Eroberers. Ich bemerkte gar nicht, wann er die vier Haken meines Tank-Tops öffnete, das wie ein BH am Rücken befestigt war. Der Stoff rieb an meinem Bauch, als er es auszog und irgendwo hinter sich warf. Mit einer Hand hielt Vazul meinen Nacken fest, unterbrach den Kuss, streifte mit seinen Zähnen sanft meine Kinnlinie und folgte dann einer Spur entlang der Kurve meines Halses. Er leckte meine Schlüsselbeine, zeichnete mit der Spitze seiner Zunge wirbelnde Muster, bevor er seine Reise zu meinen schmerzenden Brustwarzen fortsetzte.

Doch gerade, als er seinen Mund um die linke schließen

wollte, versteifte ich mich und drückte seine Schultern zurück, als mir ein Gedanke durch den Kopf schoss.

„Warte! Du wirst mich doch nicht aussaugen, während wir intim sind, oder?", fragte ich.

Mein Magen zog sich zusammen, als er nicht sofort nein sagte.

„Ich muss mich ernähren. Das Schlüpfen erfordert viel Energie", sagte er mit neutraler Stimme.

„Richtig, aber nicht, indem du meine Lebenskraft aussaugst, oder?", beharrte ich.

Mein Herz brach, als er mich nur anstarrte. Ich drückte seine Schultern noch fester zurück und versuchte, das dumpfe Pochen zwischen meinen Schenkeln, die Leere, die danach schrie, gefüllt zu werden, und die elende Stimme in meinem Hinterkopf, die mir zurief, dass es keine große Sache wäre, wenn er mir nur dieses eine Mal ein bisschen Blut aussaugen würde, zu ignorieren. Schließlich hatte Sophia das auch gesagt.

„Es tut mir leid", sagte ich, stolz auf mich, dass ich nicht leichtfertig nachgegeben hatte. „Das ist für mich ein Dealbreaker. Ich meine, du bist wahnsinnig heiß. Und ich möchte definitiv mit dir ins Bett gehen. Aber nicht um den Preis eines frühen Todes."

„Es wird dich nicht über Nacht umbringen", argumentierte er, als wäre das selbstverständlich.

„Vielleicht nicht über Nacht, aber es wird trotzdem meine Lebenserwartung verkürzen. Richtig?", fragte ich und forderte ihn heraus, es zu leugnen.

Er presste die Lippen zusammen, sah etwas verärgert aus und nickte dann steif.

„Ja, das wird es."

„Dann muss ich leider passen", antwortete ich und versuchte, ihn sanft beiseitezuschieben, während ich mich über die Armlehne des Sofas hinuntergleiten ließ.

Vazul trat einen Schritt näher, blockierte mich, legte seine rechte Hand fest auf meinen Nacken und griff mit der anderen nach meiner rechten Pobacke.

„Na gut, ich werde dich nicht aussaugen", knurrte er sichtlich verärgert.

„Woher weiß ich, dass du nicht lügst, um zu bekommen, was du willst?", fragte ich herausfordernd und sah ihm in die Augen.

Er warf mir einen beleidigten Blick zu. „Du bist meine Herrin. Ich kann dich nicht anlügen. Wenn ich sage, dass ich mich nicht von dir ernähren werde, dann schwöre ich, mein Wort zu halten."

Ich wusste nicht, ob ich naiv war oder mich nur beeinflussen ließ, weil er das sagte, was ich hören wollte, aber ich glaubte ihm. Sofort stieg eine andere Art von Unbehagen in mir auf.

„Aber wirst du verhungern, wenn du es nicht tust?", fragte ich schüchtern.

Er schüttelte den Kopf und sah immer noch etwas verärgert aus. Aus irgendeinem dummen Grund erinnerte er mich an einen Mann, der ein ausgefallenes Essen erwartete und statt des dicken Steaks mit Kartoffeln, auf das er sich so gefreut hatte, nur ein Pfannengericht mit gedämpftem Reis serviert bekam.

„Nein. Ich kann von Emotionen leben. Sie sättigen nicht so sehr und machen mich nicht so stark, aber sie halten mich am Leben."

„Und das zehrt nicht an meiner Lebenskraft und lässt mich nicht früher sterben?", fragte ich, um sicherzugehen, dass es keine Missverständnisse gab.

„Nein, das wird es nicht. Es ist völlig harmlos für dich. Es bedeutet nur, dass ich dich öfter und heftiger zum Höhepunkt bringen muss, um gesättigt zu sein", erklärte er achselzuckend.

Ich blinzelte. „Und wo liegt das Problem? Bist du nicht ein Sexdämon?"

Er schnaubte, seine Verärgerung verschwand und ein äußerst lasziver Ausdruck legte sich über seine attraktiven Gesichtszüge.

„Das bin ich. Und im Moment bin ich ausgehungert. Bereite dich darauf vor, für mich zu schreien, Herrin."

Seine Hand auf meinem Nacken glitt nach oben und griff nach meinen Haaren. Er zog meinen Kopf mit gerade genug Kraft nach hinten, um mir genau das richtige Maß an Schmerz zuzufügen, während sein Mund sich an meiner Brustwarze festsaugte. Die brennende Hitze seiner Lippen, die an meinen hart werdenden kleinen Knospen saugten, weckte erneut das Pochen, das während unseres Gesprächs nachgelassen hatte.

Ich schnappte nach Luft, als seine Hand auf meinem Hintern mit einer Kühnheit nach vorne glitt, die mich aus der Bahn warf. Er zögerte nicht, neckte mich nicht und hielt sich nicht zurück. Vazul ging direkt zum Ziel, schob den dünnen Stoff meines Slips zur Seite und fingerte meine Mitte. Ein heftiger Schauer durchlief mich, als sich eine unnatürliche Hitze entlang meiner inneren Wände ausbreitete, als seine Finger in mich eindrangen. Ich hielt mich an seinen Schultern fest, warf den Kopf zurück und stieß Seufzer der Lust aus.

Er knabberte an meiner Brustwarze, linderte dann sofort den leichten Schmerz mit einem Lecken, bevor er wieder daran saugte. Wie zum Teufel schaffte er es, dass es sich anfühlte, als würde er sich um meine Klitoris kümmern? Nur dass es sein Daumen war, der daran spielte, während zwei Finger in mich eindrangen und wieder herausglitten. Es dauerte einen Moment, bis ich begriff, was dieses seltsame Gefühl auf meiner Haut verursachte, wo immer sein Körper mich berührte. Ich blickte auf ihn hinunter und sah nur feurige Blitze unter seiner Haut aufblitzen und wieder verschwinden. Die Hitze, die sie erzeugten, wirkte fast wie die sanfte Liebkosung von warmem Wasser.

Ein ersticktes Stöhnen entfuhr mir, als er wiederholt meinen empfindlichsten Punkt streifte, indem er seine Finger in mir krümmte. Tief in mir begann sich ein intensives Vergnügen aufzubauen. Als er meine linke Brustwarze verließ, um sich der rechten zu widmen, bemerkte ich, dass seine Augen leuchteten.

Es war nicht der wütende rote Farbton, der mich zuvor so erschreckt hatte. Dieser hatte einen beruhigenden silberblauen Farbton.

Mir wurde klar, dass er sich gerade nährte. Als „neugeborener" Dämon musste er zweifellos hungrig sein. Die kleine Stimme der Vernunft in meinem Hinterkopf flüsterte mir zu, dass ich ausflippen sollte, aber stattdessen durchströmte mich bei diesem Gefühl der Gefahr ein Schauer der Erregung.

Zu meiner Bestürzung riss Vazul, gerade als ich meinen Höhepunkt erreichte, plötzlich seine Finger aus mir heraus und zog gleichzeitig meinen Rock und mein Höschen herunter. Der Raum drehte sich, und ich schrie auf, als er meine Kleidung nach oben riss und dabei meine Beine anhob. Ich fiel rückwärts auf das Kissen der Couch, mein Hintern wurde immer noch von der Armlehne gestützt. Bevor ich mich wieder fassen konnte, legte sich Vazuls Mund wie ein Inferno auf meine Klitoris.

Ich bog meinen Rücken durch und schrie auf, als er mich sofort wie ein ausgehungertes Tier verschlang. Er kniete neben der Couch, sein Gesicht zwischen meinen Schenkeln vergraben, und legte meine Beine über seine Schultern, während er sich an mir laben konnte. Mein Dämon streckte seine Krallen aus und fuhr damit über meinen Bauch, meine Schenkel und meine Beine, hinterließ eine glühende Spur, die mich am ganzen Körper zittern ließ.

Seine Zunge, die mich vögelte, machte mich wahnsinnig vor Glückseligkeit. Ich hatte ihn geküsst. Meine Zunge hatte sich um seine gewunden. Aber was gerade in mich hinein- und herausglitt, fühlte sich unvorstellbar dick und lang an. Jedes Mal, wenn er sie herauszog, neigte Vazul seinen Kopf leicht nach hinten und rieb meine Klitoris auf atemberaubende Weise, was elektrische Funken durch meinen Unterleib schickte.

Mein Höhepunkt überrollte mich und entriss meiner Kehle einen schrillen Schrei. Meine Füße strampelten wie von selbst, während heftige Krämpfe durch meinen Körper fuhren. Als mich die Welle der Lust überrollte, spürte ich, wie Vazul seine Hörner aus meinem Griff riss. Seine Zunge zog sich aus mir zurück, und der Raum drehte sich erneut. Das Nächste, was ich wusste, war, dass ich mit dem Gesicht nach unten auf dem Kissen lag, den Hintern in die Höhe gereckt.

Ein wundersamer Stich in meiner rechten Pobacke folgte auf ein klatschendes Geräusch. Noch benommen und high von meinem Orgasmus, begrüßte ich die Schläge, die Vazul auf meinen Hintern niederprasseln ließ. Jeder Treffer hallte direkt in meiner Klitoris wider. Meine Zehen krümmten sich und meine Haut kribbelte. Ich hatte schon immer von einer richtigen Tracht Prügel geträumt. Aber die wenigen Partner, mit denen ich das in der Vergangenheit versucht hatte, waren entweder zu grob gewesen und hatten mir die Erfahrung verdorben, oder zu schüchtern, was zu einer völligen Enttäuschung geführt hatte. Aber mein Dämon wendete genau die richtige Kraft an, damit ich es spüren konnte, ohne dass es wehtat.

Mehr Feuchtigkeit sammelte sich zwischen meinen Schenkeln. Wäre ich der Typ gewesen, der squirtet, wäre er jetzt zweifellos klatschnass gewesen. Ich hatte mich endlich von meinem Höhepunkt erholt, als er sich vorbeugte und mir einen kräftigen Kniff in den Hintern gab, der meine Beine zucken ließ. Er beruhigte mich mit einem Lecken und rieb sein Gesicht mit einem fast wilden Knurren über meine Pobacken.

„Du hast den schönsten Hintern, meine Coral", schnurrte er mit tiefer, knurrender Stimme, fast bedrohlich. „Ich will dich verschlingen."

Mein Magen machte daraufhin einen Salto, dann noch einen, als ich mich nach oben fliegen fühlte. Erst als ich mich kopfüber wiederfand und auf den dicksten dämonischen Schritt starrte, wurde mir klar, was passiert war. Mit meinen Schenkeln über seinen Schultern begrub Vazul sein Gesicht wieder zwischen meinen Beinen und fuhr fort, mich zu lecken. Er hielt mich mit einem Arm um meinen Rücken fest. Mit seiner freien Hand wechselte er zwischen Schlägen auf meinen Hintern und Kratzern auf meinem Rücken. Das exquisite brennende Gefühl ließ mich Gänsehaut bekommen, während Welle um Welle von Schauern meinen Körper erschütterte.

Der süße Duft der Leckerei vor meinen Augen lockte mich. Trotz der überwältigenden Empfindungen, die die Zuwendung meines Dämons in mir hervorrief, konnte ich nicht widerstehen, nach seinem steifen Schwanz zu greifen. Er war großartig, mit zwei gewundenen Rillen, die vage an ein dickes Seil erinnerten, das die Seiten seines Schafts in einem sehnigen Muster säumte. Eine Reihe von Unebenheiten und fächerförmigen vertikalen Rillen zierten die Oberseite seines Glieds. Meine inneren Wände zogen sich vor Vorfreude zusammen, als ich daran dachte, wie sich diese Rillen in mir anfühlen würden.

Ich legte meine Hand darum. Verdammt, war der riesig! Und doch, obwohl ich befürchtete, dass ich ihn nicht aufnehmen könnte, explodierte dennoch ein Blitz der Lust in meinem Unterleib. Ich begann, ihn zu streicheln und genoss das seltsame Gefühl der Rillen an meiner Handfläche. Fasziniert starrte ich auf das feurige Leuchten, das zwischen den Rillen seines Schwanzes pulsierte und dabei meine Hand erwärmte.

Ich beugte mich vor und leckte vorsichtig die Eichel, die der Form eines menschlichen Penis sehr ähnlich war. Meine Augen traten fast aus meinem Kopf hervor, als der Geschmack eines warmen Pfirsichkuchens meine Geschmacksknospen explodieren ließ. Mit einem gierigen Stöhnen zog ich ihn in meinen Mund und nahm so viel von ihm auf, wie ich konnte. Die Art, wie sein Körper als Reaktion darauf zuckte, deutete darauf hin, dass er es gut fand. Er brauchte nichts weiterzusagen. Ich bewegte mich sofort vor ihm auf und ab, meine Zunge umspielte seine ungewöhnliche Länge und ich genoss sowohl seinen wunderbaren Geschmack als auch das Gefühl, ihn in meinem Mund zu haben.

Nie im Leben hätte ich geglaubt, dass ich einmal mit meinem Partner eine 69er-Stellung ausprobieren würde, während er mich kopfüber in der Luft hielt. Dass ihm das so mühelos gelang, sprach über seine Kraft Bände. Aber es zeigte auch, wie sehr ich ihm vertraute, dass er mich in der Hitze des Gefechts nicht fallen lassen würde. Da ich immer die Vernünftige und Rationale gewesen war, ergab mein aktuelles Verhalten keinen Sinn. Und doch, als ich mich erneut dem Höhepunkt näherte, fühlte ich mich mit keinem Liebhaber sicherer als mit meinem Liderc.

Die Bewegungen meines Mundes an ihm wurden unregelmäßig, als mich die Lust schnell überwältigte. Vazul biss plötzlich in meine Klitoris und brachte mich damit um den Verstand. Ich schrie, während sein Schwanz noch halb in meinem Mund steckte, als ich kam. In der Ferne hörte ich vage, wie mein Dämon ein wildes Knurren von sich gab, während er mich fast schmerzhaft festhielt, als würde er darum kämpfen, seiner eigenen Lust nicht nachzugeben.

Mit derselben wahnsinnigen Kraft und Kontrolle hob Vazul mich wieder hoch, während ich noch zitterte, überwältigt von der Ekstase. Mit meinem Rücken an seine Brust gedrückt, drückte er meine Beine gegen meine eigene Brust und hielt mich wie eine Brezel verdreht, unfähig, etwas anderes zu tun, als mich seinem Willen zu unterwerfen. Da er sah, dass ich noch immer auf den Wellen der Glückseligkeit schwamm, hätte er von meiner Seite keinen Widerstand erfahren.

Genau wie zuvor, als er mich in dieser verrückten 69er-Stellung kopfüber gehalten hatte, hielt Vazul mich mit einem Arm an seiner Brust fest. Mit seiner freien Hand rieb er meine Klitoris und verlängerte meinen Orgasmus noch ein wenig, bis ich langsam in die Realität zurückkehrte. Dann spürte ich, wie sein dicker Kopf meine Öffnung erforschte. Ein Anflug von Angst durchfuhr mich, dass ich ihn vielleicht nicht aufnehmen könnte. Tatsächlich widersetzten sich meine inneren Wände seinem Eindringen. Das brennende Gefühl seiner Finger, die meinen kleinen Kitzler massierten, lenkte mich von dem Unbehagen ab, während er sich allmählich mit flachen Stößen in mich presste.

Und dann gab mein Körper nach.

Ein ersticktes Stöhnen vibrierte in meiner Kehle, als er mich bis zum Rand füllte. Er blieb einen Moment lang still, damit ich mich an seinen Umfang gewöhnen konnte. Seine Finger auf meiner Klitoris, seine Lippen auf meinem Nacken und die feurigen Streifen unter seiner Haut, die mich mit heißen, wellenartigen Liebkosungen überzogen, versetzten mich in einen höchst angenehmen Strudel der Empfindungen.

Bald begannen sich meine inneren Wände wie von selbst um seinen Schwanz zusammenzuziehen und gaben meinem dämonischen Liebhaber grünes Licht. Diese Botschaft wurde offenbar laut und deutlich vermittelt, denn Vazul begann sofort, in mich zu stoßen. Meine Augen rollten augenblicklich nach hinten. Mein Gehirn konnte die überwältigende Empfindung nicht verarbeiten, wie seine Rillen meine inneren Wände liebkosten und meinen G-Punkt mit tödlicher Präzision bei jeder Bewegung trafen – egal, ob er hinein- oder herausglitt.

In kürzester Zeit hämmerte Vazul in mich hinein und zerstörte mich mit einer Lust, die zu intensiv war, um sie zu ertragen. Seine Finger an meiner Klitoris trieben mich in Rekordgeschwindigkeit über die Ziellinie. Mein Höhepunkt traf mich mit solcher Gewalt, dass kein einziger Laut aus mir herauskam. Mein Mund öffnete sich zu einem lautlosen O, mein Körper verkrampfte sich, bevor er schlaff wurde.

„Du gehörst mir, Herrin. Du gehörst ganz mir!", zischte Vazul bedrohlich.

Ich konnte nicht antworten, da mein Bewusstsein an einem undeutlichen Ort zwischen Bewusstsein und Bewusstlosigkeit schwebte, während der dicke Schwanz meines Dämons mich weiter zerstörte. Ein leuchtendes Licht am Rande meines Blickfeldes zeigte mir, dass er sich von der Welle der Ekstase nährte, die aus mir herausströmte, während er meine erhitzte Haut an Hals und Schulter küsste und daran knabberte.

Im Französischen nannte man einen Orgasmus „la petite

mort", was „der kleine Tod" bedeutete, aufgrund des schwebenden Gefühls und des fast vollständigen Bewusstseinsverlusts, die mit dieser ultimativen Glückseligkeit einhergingen. Und gerade jetzt fühlte ich mich wirklich am Rande des exquisitesten Todes, während mein dämonischer Liebhaber mich wild vögelte.

Vazul brüllte plötzlich auf. Er rammte seinen Schwanz tief in mich hinein, und die sengende Hitze seines Samens schoss in mich hinein und verbrannte mich zu Asche. Ein helles Licht explodierte vor meinen Augen, als ein scharfer Schmerz meinen Hals durchbohrte, gefolgt von flüssiger Glückseligkeit. Mein Gehirn erkannte, dass mein Liderc seine Reißzähne in mich versenkte, aber mein ultimativer Höhepunkt überwältigte mich. Ich schrie auf und gab mich der Ekstase hin, selbst als ein Schleier der Dunkelheit mich in die Vergessenheit stürzte.

Eine Stunde nach dem ungewöhnlichsten Liebesspiel meines Lebens sangen meine weiblichen Teile immer noch. Vazul putzte sich wie ein Pfau heraus, sodass ich ihm am liebsten einen Schlag auf den Hinterkopf verpasst hätte. Und doch hatte er jedes Recht, sich so übermütig und selbstgefällig zu fühlen. Mein Sexdämon wusste, wie man vögelte.

Aber ist er immer so akrobatisch?

Ich hatte mir immer gewünscht, seltsamere Stellungen auszuprobieren, hatte mich aber mit niemandem sicher genug gefühlt. Mein Liderc ging einfach aufs Ganze. Und ich konnte mich nicht beschweren. Obwohl ich mir auch traditionellere Stellungen wünschte, insbesondere das Kuscheln danach, konnte ich es kaum erwarten, zu sehen, was er noch für mich auf Lager hatte.

Allerdings hatte die Werkstatt endlich angerufen, um mir mitzuteilen, dass mein Auto fertig war. Ihr Chauffeurservice war auf dem Weg, um mich abzuholen und mir das Auto zu übergeben. Es fühlte sich seltsam an, Vazul hier ganz allein zu lassen, nicht dass ich befürchtete, er würde irgendetwas Verrücktes anstellen.

„Hör auf, dir so viele Sorgen zu machen, Herrin. Ich werde an deinen Miniaturen arbeiten, während du weg bist", sagte er und zog mich in seine Umarmung.

Im Gegensatz zu mir blieb Vazul nach unserem kleinen Gerangel nackt. Zu spüren, wie sein Glied wieder hart wurde, war sicherlich nicht hilfreich. Sein Grinsen verriet, dass er wusste, wie sehr mich sein Körper an meinem berührte.

Arschloch.

„Du musst mich nicht Herrin nennen. Du bist nicht mein Sklave. Coral reicht", murrte ich.

Er starrte mich mit einem seltsamen Glitzern in den Augen an, gemischt mit einem Hauch von Rebellion. Ich funkelte ihn an, als er lächelte, antwortete aber nicht. Ich vermutete, dass es eine Weile dauern würde, bis ich ihn in dieser Hinsicht umstimmen könnte.

„Ich werde eine Weile weg sein", warnte ich ihn und versuchte, konzentriert zu bleiben. „Ich muss einen Umweg zum Einkaufszentrum machen, um dir ein paar Kleider zu besorgen."

Er nickte. „Sehr gut. Hier gibt es genug zu tun, um mich während deiner Abwesenheit zu beschäftigen."

„Überanstrenge dich nicht", entgegnete ich, unfähig, das schlechte Gewissen zu bekämpfen, das jedes Mal aufkam, wenn ich daran dachte, dass er all diese Arbeit für mich erledigen würde.

Sein unbeeindruckter Blick ließ mich wieder das Gesicht verziehen. Ich wusste nicht, ob ich mich jemals ganz mit dem Gedanken abfinden würde, dass jemand tatsächlich Lust auf Hausarbeit oder andere Formen von körperlicher Arbeit hatte.

„Gut. Nur damit du es weißt, ich werde heute nicht zu viel kaufen. Ich werde nur das Nötigste für dich besorgen. Morgen können wir zusammen zurückkommen, damit du dir Dinge aussuchen kannst, die dir besser gefallen, um deine Garderobe zu vervollständigen."

„Sehr gut", antwortete er mit einem Lächeln.

Das Klingeln an der Tür erschreckte mich.

„Er ist da! Ich muss los."

Ich löste mich aus seiner Umarmung, schnappte mir meine Handtasche und eilte aus der Werkstatt. Als ich den Hauptflur in Richtung Eingang betrat, schoss ein vertrauter Feuerball an mir vorbei, was mir ein seltsames Déjà-vu-Erlebnis bescherte. Vazul blieb vor der Tür stehen und verwandelte sich zurück in seine Dämonenform. Mit den Fäusten in die Hüften gestemmt und seinem immer noch erigierten Schwanz starrte er mich missbilligend an.

„Wo bleibt mein Abschiedskuss?", verlangte er.

Ich schnaubte. „Hast du nicht schon genug davon gehabt?"

„Von dir? Niemals", erwiderte er, als wäre das selbstverständlich.

Das war der Moment, in dem meine Eierstöcke explodierten. Ja, ich war verrückt danach, mich gebraucht und begehrt zu fühlen. Ich wusste nicht, ob es für ihn als Sexdämon selbstverständlich war, sich so zu verhalten, oder ob er sich gezwungen fühlte, mir gegenüber liebevoll zu sein. Aber in diesem Moment war mir das egal. Seine Reaktionen auf mich schienen echt zu sein, und ich liebte es, wie er mich fühlen ließ.

„Na gut, du Tyrann", sagte ich spielerisch, während ich die Distanz zwischen uns verringerte.

Er zog mich an sich und vereinnahmte meinen Mund mit einer Besitzergreifung, die meine Zehen krümmen und meine weiblichen Teile strammstehen ließ. Verdammt, wie konnte er mich so schnell derart erregen? Meine Mitte war noch ganz wund von dem wildesten Ritt, den sie je erlebt hatte. Und doch sehnte ich mich nach mehr, als seine unglückselige Zunge meinen Mund plünderte.

Seine Hand glitt über meinen Hintern und drückte meine

rechte Pobacke fest, während er mich gegen sein Becken presste. Mein Dämon liebte meinen Hintern. Ich konnte es ihm nicht verübeln. Von all meinen körperlichen Attributen konnte ich nicht leugnen, dass mein Hintern verdammt gut aussah.

Das erneute Klingeln der Türglocke ließ mich gegen seine Lippen aufschreien. Ich stieß ihn von mir weg, während er selbstgefällig lächelte. Ich warf ihm einen bösen Blick zu und stupste seinen Schwanz als Strafe an. Er schnappte nach Luft und warf mir einen seltsamen Blick zu, der irgendwo zwischen Schock, Empörung und Belustigung lag.

„Bis später. Und benimm dich, während ich weg bin", sagte ich mit singender Stimme, bevor ich aus dem Haus eilte, begleitet von seinem sexy Lachen.

Ich holte mein Auto und fuhr direkt zum Einkaufszentrum. Während der ganzen Fahrt begann ich, alles noch einmal in Frage zu stellen. Was zum Teufel tat ich da? Wie kam es, dass ich an einem einzigen Tag von der Abholung der übrig gebliebenen Sachen meiner Ex-Mitbewohnerin dazu kam, wegen eines Dämons an meiner Vagina alles in Vergessenheit geraten zu lassen?

Ich weiß überhaupt nichts über ihn.

Zugegeben, alles, was ich online las, nachdem er mich auf die richtige Schreibweise hingewiesen hatte, stimmte mit dem überein, was Sophia gesagt hatte. Ehrlich gesagt spielte ihre Aussage, ich wäre verrückt, wenn ich ihn nicht behalten würde, eine große Rolle dabei, meine Abwehrhaltung zu verringern. Aber das war immer noch sehr untypisch für mich.

Der Sex war mehr als fantastisch. Ich konnte mir nicht vorstellen, mich danach jemals mit jemand anderem zufrieden zu geben. Es gäbe keinen Vergleich. Aber nutzte er mich aus? Er schwor, dass er das nicht tun würde, und ich hatte kein Gefühl, das darauf hindeutete, dass er es tat. Aber war das etwas, das man tatsächlich spüren konnte?

Was bedeutete das für die Zukunft? Sollte ich irgendwann

einen Mann treffen, mit dem ich mich niederlassen wollte, würde er niemals akzeptieren, dass ich einen Dämonenliebhaber hatte – nicht, dass ich meinen Partner jemals betrügen wollte. Und ich hatte den starken Verdacht, dass Vazul mich auch nicht teilen wollte. Es ergab eigentlich keinen Sinn, warum ihn das aufregen sollte. Schließlich würde er als Sexdämon wahrscheinlich kein Problem damit haben, wenn ich alles und jeden vögelte, der sich bewegte. Und doch glaubte ich instinktiv, dass er jeden Mann verbrennen würde, der sich an mich heranmachte.

Er hatte ja gesagt, dass ich ihm gehörte.

Dieser Gedanke ließ mich innehalten. Kurz bevor er in mir kam, beanspruchte er mich mit einer Besitzgier, die keinen Raum für Interpretationen ließ. So sehr er auch sagte, dass er mir als mein treuer Diener gehörte, mein Bauchgefühl sagte mir, dass er auch Besitzansprüche auf mich erhob.

Was für eine Verrückte bin ich, dass mir das gefällt?

Ja, mit meinem Dämon an meiner Seite würde es keinen anderen Freund geben. Jedenfalls war nach dem, was ich gelesen hatte – und was er bestätigte –, die einzige Möglichkeit für uns, uns zu trennen, der Tod eines von uns. Also saß ich mit ihm fest und er mit mir. Ich könnte mir schlimmere Situationen vorstellen.

Aber das bedeutete auch, dass ich ihm offizielle Papiere besorgen musste. Da sich die geheimnisvolle Welt weiterhin im Verborgenen entwickelte, musste ich den Rat der Hexen um Hilfe bitten, um seine Papiere in Ordnung zu bringen.

Nicht zum ersten Mal schimpfte ich mit mir selbst, weil ich mich nicht ernsthafter mit der Zauberei beschäftigt hatte. Ich wusste nichts über beschworene Dämonen. Da ich nie machthungrig gewesen war, hatte ich mich nur mit den kleineren Zaubersprüchen beschäftigt, die mir nützlich waren, wie dem Kraftzauber, den ich heute Morgen angewendet hatte. Offiziell gehörte ich keinem Zirkel an, was mich in eine ziemlich verwundbare Lage brachte und mir einige der Ressourcen vorenthielt, von denen diejenigen profitierten, die sich ernsthafter damit beschäftigten.

Vazuls Eintritt in mein Leben würde eine Reihe von Veränderungen erfordern. Vor allem musste ich mich mit ihm zusammensetzen und unsere zukünftige Beziehung klären. Ich hatte kein Problem mit einem Dämonenfreund, aber ich wollte keinen Sklaven. Er hatte mich ein paar Mal „Herrin" genannt, und das war mir unangenehm. Wir würden einen Weg finden, seinem Bedürfnis, Aufgaben zu erfüllen, gerecht zu werden, ohne ihn zu einem Diener zu machen.

Als ob sich die Dinge weiterhin stetig zum Besseren wendeten, fand ich schnell einen Parkplatz in der Nähe des Eingangs und eilte hinein. Da ich bereits im Voraus geplant hatte, wo ich Halt machen würde, ging ich schnurstracks zum Hauptgeschäft für Herrenmode und schnappte mir das Nötigste. Ich hätte ihn fragen sollen, ob er bestimmte Vorlieben hatte. Zugegeben, ich suchte nur Unterwäsche, Socken, ein paar Hosen und Hemden aus, aber ich wusste nicht einmal, ob er bestimmte Lieblingsfarben hatte. Da seine menschliche Gestalt wesentlich korpulenter war als seine Dämonengestalt, konzentrierte ich mich darauf, Artikel für die erstere zu kaufen. Ich vermutete, dass Vazul sich zu Hause in seiner natürlichen Gestalt nicht mit zu vielen Kleidungsschichten aufhalten würde.

Nachdem ich ein Paar Schuhe ausgesucht hatte und mich erneut dafür schimpfte, dass ich nicht richtig gemessen hatte, ging ich zur Kasse. Ich hatte gerade meine Kreditkarte vom Kassierer zurückgenommen und wollte sie in meine Brieftasche stecken, als hinter mir eine vertraute Stimme erklang.

„Was für ein Zufall, dich hier zu treffen!", sagte Angelique mit dieser nervigen, sinnlichen Stimme, die sie immer benutzte, weil sie dachte, dass sie dadurch verführerisch klang.

Ich stöhnte innerlich, als ich mich zu ihr umdrehte. Ich war noch nicht bereit für diese Konfrontation, während ich noch versuchte, meine eigenen Gefühle gegenüber *meinem* Dämon zu ordnen. Sie warf einen Blick auf die beiden schweren Taschen, als die Kassiererin das letzte Hemd in die linke steckte. Das spekulative Funkeln in ihren Augen und die Art, wie sie sie leicht zusammenkniff, deuteten auf Ärger hin.

„Da ist aber jemand auf Einkaufstour", sagte Angelique mit einer äußerst unechten Begeisterung in der Stimme. „Und zwar Herrenbekleidung! Was ist los? Gibt es Neuigkeiten, die du mir mitteilen möchtest?"

Ich kämpfte gegen den Drang an, mich zu winden, und fragte mich, wie viel oder wie wenig sie wusste. Ich bezweifelte, dass Sophia ohne meine Zustimmung etwas ausgeplaudert hatte. Da niemand sonst davon wissen konnte, konnte ich nur hoffen, dass auch sie keine Ahnung hatte und sich nicht daran erinnerte, dass sie ihr Ei in der Wohnung zurückgelassen hatte.

„Hey Angelique", sagte ich höflich. „Ich dachte, du wärst nicht in der Stadt."

Sie winkte ab. „Das war ich auch. Aber ich musste früher zurückkommen, um einen Großauftrag zu erledigen. Du weißt ja, wie ungeduldig wohlhabende Kunden sein können."

„Stimmt. Warum bist du dann nicht in der Wohnung vorbeigekommen, um deine Sachen zu holen?", fragte ich und zuckte innerlich zusammen, weil ich ein Thema angesprochen hatte, das ich vorerst vermeiden wollte.

Meine ungeschickte Zunge würde mich noch ruinieren. Aber ich wollte sie wirklich auf ihre Lügen hinweisen.

Sie warf mir einen wenig aufrichtig wirkenden schockierten Blick zu, bevor sie ihre Handfläche auf ihre Brust presste und mich entschuldigend ansah.

„Oh Mist! Das tut mir so leid. Das habe ich völlig vergessen. Ich hatte so viel zu tun."

„Das glaube ich dir gern. Nun, ich habe deine Sachen rausgebracht, damit Mrs. Hopkins uns keine Reinigungsgebühr berechnet."

„Ach, du bist immer so lieb!", rief sie in diesem herablassenden Tonfall aus, der mich immer dazu brachte, ihr hübsches Gesicht zerkratzen und ihr die babyblauen Augen ausstechen zu wollen. „Ich weiß das zu schätzen. Wenn es dir nichts ausmacht, sie ein paar Tage aufzubewahren, werde ich dafür sorgen, dass sie bei dir abgeholt werden."

„Klar, kein Problem."

Ich nahm die Quittung vom Kassierer, warf sie in eine der Tüten und hob sie hoch, bereit zu gehen.

„Du hast mir gar nicht gesagt, für wen diese Kleider sind", sagte Angelique in einem vorgetäuscht freundlichen Ton, obwohl mir der harte Blick in ihren Augen nicht entging, der mir zu verstehen gab, dass ich nirgendwo hingehen würde, bevor ich ihre Fragen beantwortet hatte.

„Sie sind für meinen Freund", sagte ich mit einem Achselzucken.

Ihre Augen weiteten sich vor echter Überraschung. „Ein Freund?! Ich wusste gar nicht, dass du mit jemandem zusammen bist. Wer ist er?"

„Niemand, den du kennst", sagte ich ausweichend.

„Versuch es doch mal", beharrte sie.

„Ich versichere dir, es ist niemand, den du kennst", antwortete ich und hob mein Kinn leicht in einer subtilen Geste des Trotzes.

Wut blitzte so schnell über ihr attraktives Gesicht, dass die meisten Menschen es übersehen hätten. Aber nachdem ich ein Jahr lang mit ihr in einer Wohnung gelebt hatte, hatte ich gelernt, alle Anzeichen für Ärger zu erkennen. Sie warf ihr langes, platinblondes Haar über die Schulter und warf mir einen gierigen, spekulativen Blick zu.

Angie liebte es, anderen Frauen ihre Freunde auszuspannen. Immer wenn eine Frau aus unserem Freundeskreis Interesse an einem Mann zeigte, schaltete sich Angie ein und verführte ihn zuerst. Sie hatte kein Interesse an einer langfristigen Beziehung mit einem von ihnen. Sie prahlte nur gerne damit, dass sich alle anderen mit ihren Abfällen begnügten.

„Nun, dann muss dieser Fehler korrigiert werden. Ich *muss* den Mann kennenlernen, der es endlich geschafft hat, das Herz unserer schwer fassbaren kleinen Coral zu erobern!", sagte sie mit einem widerlich süßen Lächeln. „Bring ihn unbedingt zu meiner Party in zwei Tagen mit."

„Deiner Party?", fragte ich verwirrt.

„Oh! Habe ich vergessen, dir davon zu erzählen?", fragte sie mit derselben vorgetäuschten Unschuld, die mir eine Gänsehaut bereitete. „Ich veranstalte diesen Donnerstag eine Pre-Fair-Party in meinem Penthouse."

„Wow! Dann hast du ja total vergessen, mich einzuladen", erwiderte ich in neutralem Tonfall, völlig unbeeindruckt.

Dummerweise verletzte es meine Gefühle, nicht eingeladen worden zu sein, obwohl ich sie und die meisten aus ihrem Freundeskreis eigentlich nicht mochte. Wahrscheinlich hätte ich eine Ausrede gefunden, um nicht hinzugehen. Aber es ging ums Prinzip. Ich hasste es, mich ausgeschlossen oder unerwünscht zu fühlen, selbst von Leuten wie ihr. Ich musste mich dringend von meiner Neigung, es allen recht machen zu wollen, und meinem Hang, mich selbst nicht zu bevorzugen, heilen.

„Oh, meine Schuld! Aber du musst kommen. Ich werde deinen Lieblingscocktail als Entschuldigung und als Geste des guten Willens bereitstellen."

Deine Schuld, von wegen.

„Ich kann nichts versprechen", antwortete ich in demselben falschen entschuldigenden Tonfall. „Ich habe noch eine Menge letzte Vorbereitungen für die Messe zu treffen."

„Ich bestehe darauf", entgegnete sie in einem Ton, der keinen Widerspruch duldete. „Es wäre unschicklich, wenn du als Einzige nicht anwesend wärst. Ich könnte denken, du bestrafst mich dafür, dass ich versehentlich vergessen habe, dir eine Einladung zu schicken", fügte sie mit einem nervigen Schmollmund hinzu, den die meisten Menschen unwiderstehlich süß finden würden.

„Ich werde mein Bestes tun", entgegnete ich mit einem gezwungenen Lächeln.

„Dann sorg dafür", antwortete sie mit einem breiten Grinsen, um die Unhöflichkeit ihrer Forderung zu mildern. „Tschüss!"

Ich fluchte innerlich, als ich ihr nachschaute, wie sie davonstolzierte, ihren Hintern übertrieben schwang, um die Blicke aller Männer auf sich zu ziehen, was ihr auch spektakulär gelang. Aber wie hätte sie das auch nicht tun können?

So widerwärtig sie auch war, Mutter Natur war sehr großzügig zu ihr gewesen. Sie war groß und statuenhaft. Ihr langes, platinblondes Haar fiel ihr bis zum Po. Es war nicht ihre natürliche Haarfarbe, aber das konnte man nicht erkennen – nicht, dass sie das jemals zugegeben hätte. Ihre Sanduhrfigur hätte jeden vor Neid erblassen lassen. Ihre üppigen Brüste waren einfach perfekt, groß genug, um Aufmerksamkeit zu erregen, aber nicht so groß, dass sie ihre Figur aus dem Gleichgewicht brachten oder ins Übertriebene abglitten. Ich vermutete stark, dass ein oder zwei Skalpelle zu diesem Ergebnis beigetragen hatten. Ihr Hintern war zwar nicht besser als meiner, aber ihre Beine waren ziemlich beeindruckend.

Angesichts ihrer Größe von 1,78 m verwirrte es mich immer, warum sie so gerne wahnsinnig hohe Stilettos trug. Zugegeben, dadurch wirkten ihre langen Beine noch endloser und sexy. Aber ich vermutete, dass es für sie nur eine weitere Möglichkeit war, andere zu dominieren.

Mit einem Seufzer drehte ich mich um und ging zurück zum Auto. Wäre ich nur zehn Minuten früher oder später hier gewesen, hätte ich dieser Hexe aus dem Weg gehen können. Der einzige Grund, warum sie mich eingeladen hatte, war, meinen Freund zu testen und zu sehen, ob sie ihn weglocken konnte, bevor sie ihn fallen ließ.

Ich werde einfach nicht hingehen.

Aber ich verdrängte diesen Gedanken, sobald er mir in den Sinn kam. Ich konnte ihr nicht ewig aus dem Weg gehen. Da Vazul wahrscheinlich noch lange bleiben würde, war ein Treffen unvermeidlich. Die Frage war nur, wie viel ich preisgeben würde, wenn sie sich trafen.

Was auch immer es sein würde, ich hatte zwei Tage Zeit, um mir darüber klar zu werden.

KAPITEL 5
VAZUL

Ich putzte mich heraus, während Coral meine Arbeit lobte. In den letzten zwei Tagen hatte ich fleißig die vielen Fehler in ihren Entwürfen ausgebessert. Die meisten waren recht geringfügig, aber meine zwanghafte Seite konnte das einfach nicht auf sich beruhen lassen. Wie auch immer, das Endergebnis war es mehr als wert gewesen.

Was mir zu schaffen machte, war ihr ständiges Schuldgefühl, mich zu überarbeiten, und ihr Wunsch, Wege zu finden, mich zu belohnen und mir zu danken. Meine früheren Meister haben immer alles aus mir herausgeholt, was ich zu bieten hatte. Corals Mangel an Anspruchsdenken verwirrte mich. Das Nervige daran war, wie oft sie versuchte, mich zum Ausruhen zu überreden. Sie hatte immer noch Schwierigkeiten zu verstehen, dass mich Ausruhen zu Tode langweilte. Es war keine Belohnung, sondern eine Strafe. Und doch war ihre Aufmerksamkeit mir gegenüber sowohl erfrischend als auch liebenswert.

Ich werde sie nicht aussaugen.

Wer hätte gedacht, dass der Tag kommen würde, an dem ich eine Herrin treffen würde, die ich tatsächlich für immer behalten wollte? Und ich wollte sie wirklich behalten. Obwohl ich versprochen hatte, sie nicht auszusaugen, hätte ich eine von vielen Möglichkeiten nutzen können, um es trotzdem zu tun. Tatsächlich habe ich schon am ersten Tag darüber nachgedacht und hätte es wahrscheinlich auch getan, wenn sie eine fiese Herrin gewesen wäre.

Wenn es darum ging, sich an die Regeln zu halten und Schlupflöcher zu finden, waren Wesen der Unterwelt wie ich hervorragend darin, die Risse zu finden und sich durch sie hindurchzuschlängeln. In diesem Fall ließ mich Coral versprechen, sie nicht auszunutzen, während wir intim waren. Sie erwähnte nie einen anderen Moment. Das machte sie zu fairer Beute.

Aber ich mochte meine kleine Menschin wirklich. Ihre Emotionen schmeckten göttlich. Ich liebte es, wie sie mich verwöhnte, meine Wünsche und Bedürfnisse berücksichtigte und eine so süße und unschuldige Seele besaß. Das Schockierendste war, wie fantastisch der Sex mit ihr war. Als Liderc bot ich meinen Partnerinnen immer die atemberaubendsten Erfahrungen. Das war meine Pflicht. Ich erwartete selten eine Gegenleistung und bekam sie auch meistens nicht. Bei ihr war es anders. Sie gab so viel sie konnte und sorgte dafür, dass meine Bedürfnisse in jeder Hinsicht erfüllt wurden, sei es beim Sex oder bei anderen Dingen.

Der Ausflug zum Einkaufszentrum gestern war ziemlich turbulent gewesen. Ich war es gewohnt, dass meine Herren mir einfach vorschrieben, was ich anzuziehen und wie ich mich zu verhalten hatte. Meistens verlangten sie von mir, dass ich mich in grellen Klamotten kleidete, damit sie sich an meinem Anblick erfreuen oder mich ihren Freunden vorführen konnten. Bis jetzt hatte mich das nie gestört, da es die Norm war. Aber mit ihr entdeckte ich etwas Neues.

Meine Gefühle waren wichtig. Ich war wichtig. Meine Wünsche waren wichtig.

Und vor allem lehrte sie mich, wie es sich anfühlte, mit

Respekt, Freundlichkeit und selbstloser Großzügigkeit behandelt zu werden. Sie verwöhnte mich so sehr, dass ich sie bitten musste, damit aufzuhören. Was es so erstaunlich machte, war die Tatsache, dass sie es nicht tat, um meine Loyalität oder Wertschätzung zu kaufen. Coral wollte, dass ich glücklich war. Ihre Gefühle zeigten deutlich, dass ihr einziges Anliegen darin bestand, sicherzustellen, dass alle meine Bedürfnisse erfüllt wurden und dass ich mich nicht aus falscher Schüchternheit oder Schuldgefühlen zurückhielt, weil sie Geld für mich ausgab.

Es war mir egal, wie viel Geld sie ausgab. Als ihr Liderc war es meine Pflicht, dafür zu sorgen, dass sie dank meiner Dienste alles zurückbekam und ihr Vermögen deutlich vergrößerte.

Als wir durch das Einkaufszentrum gingen, drehten sich viele Köpfe um, um die menschliche Gestalt zu bewundern, die ich angenommen hatte. Es war ein äußerst gutaussehender und muskulöser Mann, daher waren die Reaktionen der Menschen nicht überraschend. Der Stolz, den sie ausstrahlte, hatte eine seltsame Wirkung auf mich. Zuerst fragte ich mich, ob sie sich darüber ärgern würde, dass so viele Menschen ihrem Mann hinterher schauten. Aber es wurde schnell klar, dass sie es liebte, dass ich so viele Blicke auf mich zog und vor allem, dass ich sie alle ignorierte und meine Aufmerksamkeit stattdessen auf sie richtete.

Die dumme Frau verstand nicht, dass mir niemand jemals etwas wegnehmen konnte, selbst wenn ich es wollte – was ich absolut nicht wollte.

War es dumm, dass ich es hasste, dass die ganze Welt glaubte, meine Frau gehöre diesem Menschen und nicht mir? Ich wollte in meiner Dämonengestalt herumlaufen und von den Dächern rufen, dass sie mir gehörte und ich ihr. Zumindest erlaubte mir Coral gerne, zu Hause in meiner wahren Gestalt zu bleiben. Noch wichtiger war, dass sie mich nicht ein einziges Mal gebeten oder auch nur gewünscht hatte, während unserer intimen Momente eine menschliche Gestalt oder ein anderes Gesicht als mein eigenes anzunehmen.

Meistens verlangten meine Meister von mir, dass ich in der menschlichen Gestalt blieb, die sie für mich ausgewählt hatten. Schließlich wollten sie nicht mich, Vazul. Sie wollten nur die Verkörperung der Fantasie in ihren Köpfen. Es würde mich zutiefst verletzen, wenn meine Coral plötzlich anfangen würde, sich so zu verhalten.

Offensichtlich musste ich darüber hinwegkommen. Solange wir im Reich der Sterblichen lebten, würde ich niemals in der Lage sein, mein wahres Gesicht an ihrer Seite in der Öffentlichkeit zu zeigen, außer vielleicht während Allerheiligen. Die Frage, die mich quälte, war, ob dies so bleiben würde. Ich liebte ihre fröhlichen Gefühle und wie sie auf mich reagierte. Der Gedanke, dass sie meiner überdrüssig werden und weiterziehen könnte, war verheerend. Wir hatten uns gerade erst kennengelernt, aber ich war bereits süchtig nach ihr.

Und heute Abend würde die echte Bewährungsprobe kommen.

Ich hatte ein ungutes Gefühl wegen Angies Party. Zu sehen, wie meine Frau seit zwei Tagen, seit sie die Einladung erhalten hatte, nervös herumzappelte und sich Stress machte, amüsierte und ärgerte mich zugleich. Natürlich würde Angelique mich wollen – wer würde das nicht? Aber das war ihr Pech. Meine dumme Herrin hatte immer noch Schwierigkeiten zu begreifen, dass sie mich vollständig besaß, nicht nur durch unsere magische Verbindung, sondern auch, weil ich mich entschieden hatte, ihr zu gehören.

Egal. Bald würde alles klar werden.

Als wir uns in ihrem Auto niederließen – ich auf dem Beifahrersitz –, legte ich mit einem Schmollmund meinen Sicherheitsgurt an. Coral warf mir einen verwirrten Blick zu, als ich meine Arme vor der Brust verschränkte und nach vorne starrte. Ich benahm mich lächerlich, aber ich konnte nicht gegen meine Verärgerung ankommen.

„Was ist los?", fragte Coral vorsichtig.

„Ich bin dein Liderc. Ich sollte dich zu deinem Ziel fahren, während du die Aussicht genießt, und nicht von dir herumgefahren werden. Ich hasse es, mich nutzlos zu fühlen", murrte ich.

Sie starrte mich einen Moment lang an, bevor sie leise lachte. Dass sie meine Reaktion albern fand – auch wenn ihre Antwort berechtigt war – ärgerte mich noch ein bisschen mehr. Doch die amüsierten und leicht zärtlichen Gefühle, die von ihr ausgingen, besänftigten mich. Ich liebte ihre süßen Emotionen verdammt noch mal.

„Vazul, du bist so verdammt süß", sagte sie leise. „Du bist nicht nutzlos. Du leistest mir Gesellschaft und bist meine mentale Stütze an einem Abend, an dem ich wirklich nicht teilnehmen möchte. Außerdem kannst du nicht fahren, bevor wir die Angelegenheit mit deinen Papieren geklärt haben. Aber keine Sorge, bald wirst du dich darüber beschweren, wie viel ich dich fahren lasse."

„Das wird mir nie zu viel sein", entgegnete ich entschlossen mit einem hochmütigen Schnauben.

Sie kicherte erneut und fuhr los. Es war eine zwanzigminütige Fahrt zu unserem Ziel – einer schicken Wohnanlage in der Nähe des Stadtzentrums. Während der Fahrt gab mir Coral einen kurzen Überblick über die Personen, die anwesend sein würden, und die Dinge, auf die ich achten sollte. Ihre Nervosität in Bezug auf Angelique war fast greifbar. Es beschämte mich zuzugeben, dass mich ihre Angst, mich zu verlieren, zum Grinsen brachte.

Wir betraten das Gebäude und gingen zu den Aufzügen. Der Aufzug fuhr zu einem der Penthäuser hinauf. Je näher wir unserem Ziel kamen, desto unruhiger wurde meine Herrin. Das missfiel mir enorm. Zuerst nahm ich egoistisch an, dass dies alles auf ihre Besorgnis über Angies Reaktion auf mich zurückzuführen sei. Aber schließlich wurde mir klar, dass es der gesamte Kreis war, der sie beunruhigte. Sie wollte nicht mit diesen Leuten zusammen sein.

Warum waren wir dann hier?

Ich hätte fast vorgeschlagen, dass wir wieder verschwinden sollten, aber ich hielt mich zurück. Letztendlich musste die Situation mit Angie geklärt werden. Eine Verzögerung würde uns nichts bringen. Und ich würde es nicht tolerieren, dass die köstlichen Emotionen meiner Coral durch diese Art von Stress getrübt würden.

In dem Moment, als sich die Tür vor uns öffnete, überkam mich ein intensives Déjà-vu-Gefühl. So oft schon, in längst vergangenen Zeiten, hatte ich an solchen Zusammenkünften teilgenommen. Es war immer dasselbe. Die meisten Gäste verfügten über unterschiedliche Grade an Magie, nur eine Handvoll andere waren Laien, Normalsterbliche oder Normies – wie Nicht-Magieanwender oft genannt wurden.

Es hat mich immer verwirrt, warum diese Menschen zusammenkamen. Die Hälfte von ihnen mochte sich nicht – um nicht zu sagen, verachtete sich regelrecht – und würde sich gegenseitig mit Füßen treten, um weiterzukommen. Die meisten hegten hinter ihrem zuckersüßen Lächeln und ihren zweideutigen Komplimenten eine Art Eifersucht oder Neid. Sie waren sich völlig bewusst, dass sie sich unter dem Deckmantel dieser vorgetäuschten Freundschaften gegenseitig entweder als Sprungbrett nutzten, um ihre Macht zu vergrößern, oder als Punchingball, um sich selbst überlegen zu fühlen. Kein Wunder, dass meine Coral nichts damit zu tun haben wollte. Ihre Seele war zu lieb und rein für diese Schakale.

Um fair zu sein, nicht alle von ihnen waren widerwärtig. Tatsächlich erwies sich Sophia als recht angenehm. Wie die anderen mischte sie sich nur unter diese Gruppe, um ihre Macht zu vergrößern. Aber sie tat dies, indem sie sich alles durch harte Arbeit verdiente, anstatt zu versuchen, andere auszubeuten. Sie verstand, dass man in diesem Bereich nicht wachsen konnte, wenn man sich isolierte, wie es meine Herrin tat. Sophia war einfach hervorragend darin, sich sicher in einem von Haien bevölkerten Meer zu bewegen.

Natürlich wusste ich, dass Corals Magie ziemlich einfach war. Aber jetzt, als ich zwischen ihren Gleichaltrigen stand, wurde mir klar, dass sie kaum mehr als eine Anfängerin war, ein Baby unter mächtigen Hexen. Das weckte meinen Beschützerinstinkt. Wie mächtig diese Hexen auch sein mochten, keine konnte sich mit mir messen. Jeder, der sich mit meiner Herrin anlegen würde, würde das auf die harte Tour lernen.

„Coral, da bist du ja!", sagte eine attraktive Frau mit übertriebener Begeisterung, als sie sich durch die Menge drängte und auf uns zukam.

Ein einziger Blick genügte mir, um zu erkennen, dass es sich um Angelique handelte. Allein ihr langes silberweißes Haar verriet sie. Ihr knöchellanges, hautenges schwarzes Kleid ließ wenig Raum für Fantasie. Der tiefe Ausschnitt war so tief, dass er selbst den Unerschütterlichsten schwindelig machen würde. Und doch gelang es ihr, damit elegant statt vulgär zu wirken. Wie sie es schaffte, auf diesen himmelhohen Stilettos zu laufen, trotzte der Schwerkraft. Der blutrote Lippenstift auf ihren vollen Lippen erfüllte zweifellos seinen Zweck, die Aufmerksamkeit auf ihr Gesicht zu lenken.

Alle anwesenden Männer konnten nicht umhin, ihr begehrliche Blicke zuzuwerfen, selbst diejenigen, deren Gefühle behaupteten, sie zu verachten und sogar zu hassen.

„Und was für ein prächtiges Exemplar von Männlichkeit du uns heute Abend mitgebracht hast", fuhr Angie fort und presste ihre Hand auf ihre Brust.

Die gleiche blutrote Farbe auf ihren manikürten Nägeln wirkte ähnlich wie auf ihren Lippen, nur dass sie diesmal die Blicke auf ihre wohlgeformten Brüste lenkte.

„Kein Wunder, dass du ihn vor uns versteckt hast. An deiner Stelle hätte ich definitiv dasselbe getan."

Sie fügte diesen letzten Satz hinzu, während sie mich nicht gerade subtil musterte.

„Hallo, Angelique", antwortete Coral mit angemessener Freundlichkeit, obwohl jede Emotion, die von ihr ausging, ausdrückte, dass sie sie stattdessen am liebsten beschimpft hätte. „Danke für die Einladung. Das ist mein *Freund*, Vazul Droog. Vazul, darf ich dir unsere Gastgeberin vorstellen, Angelique Delaney."

Droog war nicht mein Nachname. Lidercs – und die meisten Wesen der Unterwelt – hatten keine Nachnamen. Aber im Reich der Sterblichen nahmen wir oft einen Nachnamen an, der den Kreis, aus dem wir stammten, unsere Rasse oder Klassifizierung repräsentierte. In meinem Fall war es ein Anagramm des ungarischen Wortes Ördög, was Dämon bedeutete.

Obwohl ich wusste, dass sie mich so vorstellen wollte, war es für mich das Verrückteste, dass Coral mich als ihren Freund und nicht als ihren Diener vorstellte. Die nicht gerade subtile Art und Weise, mit der sie die Natur unserer Beziehung betonte, machte mich fast hart. Ich liebte es, von ihr öffentlich beansprucht zu werden. Ich wollte mir auf die Brust schlagen und es von den Dächern rufen. Stattdessen griff ich besitzergreifend mit meinem Arm nach meiner Frau, zog sie fest an mich und legte meine Hand direkt auf die Seite ihres köstlichen Hinterns.

Verdammt, jetzt möchte ich wieder kräftig hineinbeißen!

„Hallo, Ms. Delaney", sagte ich mit meiner höflichsten Stimme.

Obwohl wir uns noch nie begegnet waren, erkannte ich den unangenehmen Geschmack ihrer Emotionen. Ich erinnerte mich nur zu gut an die Zeit, die sie darauf verwendet hatte, mich zum Schlüpfen zu bringen. Die Gier, die Ungeduld, die Wut und die Boshaftigkeit waren überwältigend gewesen. Sie hatte mein Ei mit ganz bestimmten Zielen erworben. Dass ich nicht nach ihrem Zeitplan schlüpfte, machte sie wütend, da es ihre lukrativen

Pläne durchkreuzte, die sie in Gang gesetzt hatte. Sobald sie erkennen würde, wer ich war, würde sie ausrasten.

Und ich war bereit dafür.

„Oh bitte, nennen Sie mich Angelique oder besser noch einfach Angie!", rief sie mit einem fast beleidigten Gesichtsausdruck aus. „Ms. Delaney ist meine Mutter. Ich bin viel zu jung und ledig, um in einer vertrauten Umgebung so genannt zu werden, vor allem unter Freunden. Ich hoffe also, Sie gestatten mir, Sie Vazul zu nennen. Was für ein schöner und ungewöhnlicher Name."

Ich antwortete mit einem steifen Lächeln und neigte meinen Kopf in Zustimmung. Obwohl sie an meiner Antwort nichts auszusetzen hatte, bemerkte die scharfsinnige Frau sofort, dass ihr Charme bei mir nicht wirkte. Die Wut, die sich augenblicklich in ihr regte, erfreute mich ungemein.

Und wir fangen gerade erst an.

„Aber kommt doch herein", fuhr sie fort und deutete auf das Innere des beeindruckend großen Penthouses.

Zu meinem großen Ärger nutzte sie die Gelegenheit, um meinen nackten Oberarm zu berühren, und streichelte ihn schamlos, während sie vorgab, mich vorwärts zu schubsen. Ich zog mich von ihrer Berührung zurück, ohne dabei unhöflich zu sein, aber auch ohne Zweifel daran zu lassen, dass ich diesen Kontakt nicht schätzte.

Sie leckte sich die Lippen und überlegte, wie sie mich dazu bringen könnte, ihr nachzugeben. Meine Reaktion beleidigte sie keineswegs, sondern machte sie nur noch entschlossener, ihren Willen durchzusetzen. Für Angelique war mein Widerstand nicht aufrichtig. Die unglückselige Frau glaubte, ich würde mich nur zieren und eine direkte Herausforderung an das aussprechen, was sie für ihr gutes Recht hielt.

Ich konnte es kaum erwarten, ihren Geist bei jedem ihrer respektlosen Versuche ein bisschen mehr zu brechen.

„Meine Damen und Herren, das ist der sehr gutaussehende

Vazul, der uns mit seiner Anwesenheit beehrt. Bitte sorgt dafür, dass er sich sehr willkommen fühlt", rief Angelique allen Anwesenden zu.

Wie gut erzogene Haustiere kamen die meisten von ihnen auf uns zu, begrüßten Coral höflich und umschmeichelten mich dann übertrieben. Zu sagen, dass ich jedem einzelnen von ihnen den Schädel einschlagen wollte, wäre noch eine Untertreibung.

Das Einzige, das es erträglich machte, war, wie erleichtert meine Herrin darüber war, dass weniger Aufmerksamkeit auf sie gerichtet war. Die Schuldgefühle, die sie empfand, weil ich die Hauptlast dieser unerwiderten Aufmerksamkeit tragen musste, hätten problematisch sein können. Aber sie wichen bald einer fast boshaften Freude, als sie sah, wie ich jede übertrieben flirtende Annäherung der anderen Gäste zurückwies. Es war offensichtlich genug, um zu erkennen, was es war, aber auch nicht so offensichtlich, dass man sie offen darauf ansprechen konnte.

Nur wenige Augenblicke, nachdem ich endlich allen Anwesenden vorgestellt worden war, lud Angie alle ein, ihr in ihre Werkstatt zu folgen, um eine exklusive Vorschau auf ihre Kollektion zu erhalten. Ich runzelte die Stirn, als Coral sich sofort anspannte. Warum war sie so besorgt? Ich wusste nicht, was Angie sich ausgedacht hatte, aber die Kollektion meiner Herrin war absolut herausragend. Wenn ich erst einmal fertig war, das zu polieren, was sie bereits zusammengestellt hatte, würde es sehr schwer sein, damit zu konkurrieren.

Mit einer theatralischen Geste öffnete unsere Gastgeberin die Doppeltüren am anderen Ende des Penthouses. Wie auf Kommando begann die Menge vorwärtszugehen. Wir folgten ihnen, blieben aber etwas zurück, während ich unsere Umgebung in mich aufnahm.

Der Raum war auf eine sehr klinische und kalkulierte Weise makellos. Alles war in dunklen Blautönen, Schwarz, tiefem Burgunderrot und kleinen silbernen Akzenten gehalten. Letztere Farbe überraschte mich. Ich hätte eher Gold erwartet. Die geschickte Ausgewogenheit so vieler dunkler Farben mit weißen Decken und viel helleren Möbeln verhinderte, dass der Raum düster wirkte. Die unzähligen riesigen Fenster machten den Raum zusätzlich heller. Tagsüber musste es hier wunderbar sein. Und auch der Abend war nicht zu verachten, denn er bot einen atemberaubenden Blick auf die beleuchtete Stadt bei Nacht.

Allerdings hatte dieser ganze Ort keine Seele. Die modernen Möbel mit scharfen Kanten und polierten Oberflächen luden nicht gerade dazu ein, sich hinzusetzen und zu entspannen. Man hatte ständig das Gefühl, sich zurückhalten zu müssen, um nichts zu zerbrechen, wie in einem Ausstellungsraum. Wir hätten genauso gut in eines dieser Einrichtungsmagazine versetzt werden können. Wahrscheinlich stammte das gesamte Design genau von dort.

Im krassen Gegensatz dazu war das Haus meiner Coral in warmen Erdtönen gehalten, mit viel Beige, Creme und kleinen Farbtupfern, die es einladend machten. Vor allem aber hatte ihre Einrichtung Persönlichkeit und sagte etwas über sie aus. Ob es nun eine skurrile Maske an der Wand, eine exotische Skulptur auf ihrem Regal oder verschiedene Literaturwerke von übertriebenen Komödien bis hin zu sehr ernsten Enzyklopädien waren, mit gelegentlichen Krimis und sogar Comics – alles offenbarte eine der vielen faszinierenden Facetten ihrer Persönlichkeit.

Sobald wir die Werkstatt betraten, schlug mir der Gestank von Imp-Magie in die Nase. Ich konnte mir ein Schnauben nicht verkneifen, als ich mich der ziemlich beeindruckenden Sammlung näherte. Coral blickte mich neugierig und mit noch mehr von dieser unsinnigen Unsicherheit an. Die dumme Frau dachte, meine Reaktion könnte dadurch ausgelöst worden sein, dass ich von der Sammlung ihrer Rivalin überwältigt war – obwohl Angelique eindeutig keine Konkurrenz war.

Ich schenkte ihr ein beruhigendes Lächeln, das mit Selbstgefälligkeit durchsetzt war, sodass sie ihre Augen vor Überraschung weit aufriss. Sie wusste nicht, welche Gedanken mir durch den Kopf gingen, aber die Art, wie sich ihre Schultern entspannten, deutete darauf hin, dass sie zumindest verstand, dass meine Gedanken ihr gegenüber positiv waren. Ich konnte es kaum erwarten, wieder ins Auto zu steigen und ihr zu sagen, warum sie sich selbst auf die Schulter klopfen sollte.

Die Sammlung war ebenso gut umgesetzt wie einfallslos. Während meine Coral ihre eigene Geschichte über einen Spuk geschrieben hatte, der die viktorianische Stadt heimgesucht hatte, hatte Angie sich auf einen sicheren Klassiker verlassen. Ihre Sammlung drehte sich um die Geschichte von Dracula. Jedes Gebäude und jede Außenkulisse zeigte Schlüsselmomente der Erzählung. Obwohl sie auch eine Vielzahl von Miniaturge- genständen als Einzelstücke hatte, verfügte sie nicht über Möbel mit eingebauten Miniatureinsätzen.

Ich bezweifelte stark, dass jemand anderes solche Möbel haben wollen würde, abgesehen vielleicht von einigen Bücher- regalen.

Ich konnte Angie zwar nicht vorwerfen, dass sie nicht unbedingt das erzählerische Talent meiner Frau besaß, aber es ärgerte mich, dass sie die Arbeit nicht selbst ausgeführt hatte. Besaß sie überhaupt handwerkliche Fähigkeiten? Denn sie hatte eindeutig nichts von dieser Arbeit selbst gemacht. Ich konnte fast die Restmagie sehen, die diese Objekte ins Leben gewoben hatte. Meine Coral hatte die ganze Arbeit selbst gemacht, und ich hatte nur noch den letzten Schliff gegeben. Zugegeben, es gab keine Regeln, die vorschrieben, dass die Aussteller alle handwerklichen Arbeiten selbst ausführen muss- ten, aber es unterstrich, wie überlegen meine Frau als Miniatu- ristin war.

Ich bemühte mich, nicht mit den Augen zu rollen, als Ange- lique ihre Werke präsentierte und sich in den Lobeshymnen der Menschen sonnte. Auch wir machten ihr höflich Komplimente zu ihrer Sammlung. Das war nicht einmal eine Lüge, denn sie war tatsächlich anständig. Sie reichte nur nicht an die Arbeit meiner Frau heran – nicht, dass ich in irgendeiner Weise voreingenommen gewesen wäre.

Aber als wir uns wieder im Wohnbereich versammelten, schienen die anderen Gäste ständig einen Grund zu haben, Coral wegzulocken, um etwas unter vier Augen zu besprechen. Es war zweifellos reiner *Zufall*, dass Angie immer zufällig in der Nähe lauerte und herüberkam, um ein Gespräch mit mir zu beginnen. Es wurde zu einer äußerst ärgerlichen Herausforderung, ihr aus dem Weg zu gehen.

Als Myrtil, die Oberpriesterin von Angeliques Zirkel, meine Frau um ein Gespräch bat, wäre ich fast ausgerastet. Diesmal führte sie sie nicht nur ein paar Schritte aus der Hörweite. Myrtil zog Coral regelrecht auf die riesige Terrasse und schloss die Glastüren hinter ihnen.

Ich musste mich nicht einmal umdrehen, um zu spüren, wie unsere Gastgeberin sich von hinten auf mich stürzte. Die freudigen, räuberischen Emotionen, die von ihr ausgingen, machten ihre Absichten laut und deutlich. Ich tat so, als würde ich ihre Annäherung nicht bemerken, und ging zur Bar mit den Erfrischungen, um mir einen Drink und einen zweiten für meine Herrin zu holen. Bevor ich mir überhaupt ein Glas nehmen konnte, stieß Angie gegen mich und tat so, als hätte sie den Halt verloren.

„Oh je! Es tut mir so leid!", rief sie aus und klammerte sich an mich, als ginge es um ihr Leben. „Man sollte meinen, ich wäre weniger ungeschickt, wenn ich auf diesen Absätzen laufe. Schließlich bin ich schon auf vielen Laufstegen in noch höheren Absätzen aufgetreten."

Den letzten Teil fügte sie hinzu, während sie sich aufrichtete und ihr Bein hob, um es mir zu zeigen. Natürlich war es das Bein auf der Seite des wahnsinnig hohen Schlitzes ihres Rocks. Der seidige Stoff ihres schwarzen Kleides rutschte zur Seite und zeigte die makellose Haut ihres schlanken Oberschenkels bis hinunter zu ihren Füßen.

„Vielleicht solltest du dann etwas weniger Herausforderndes anziehen", sagte ich mit neutraler Stimme, während ich sanft, aber bestimmt ihre Hände von mir nahm.

„Und meine Kleidung ruinieren?", fragte sie mit weit aufgerissenen Augen und gespielter Unschuld und Überraschung. „Unmöglich. Diese Schuhe passen perfekt zu diesem Outfit", fügte sie hinzu und fuhr mit ihren Händen an ihren Seiten entlang, um die Kurven ihres Körpers zu betonen.

„Dann sei bitte vorsichtiger. Es wäre bedauerlich, wenn du dir kurz vor einer wichtigen Ausstellung den Knöchel verstauchen würden", betonte ich mit einem kalten Lächeln.

„In der Tat bedauerlich", bestätigte sie und versuchte, ihre Verärgerung über mein distanziertes Verhalten zu verbergen. „Wie kommt es, dass ich dich noch nie gesehen habe? Ich kann von mir behaupten, jede bemerkenswerte und einflussreiche Person in dieser Stadt zu kennen. Wie kommt es, dass ich dir noch nie begegnet bin? Ein so gutaussehender Mann würde unter den Damen für Gesprächsstoff sorgen. Wie hat Coral dich unter unseren Nasen wegschnappen können?"

„Coral hat *mich* nicht weggeschnappt. *Ich* habe sie weggeschnappt. In dem Moment, als ich sie bemerkte, wusste ich, dass sie mir gehören musste und ich ihr. Also ging ich auf sie zu und akzeptierte kein Nein als Antwort, bis sie mir die Ehre erwies, mich zu dem ihren zu erklären", sagte ich mit einem Lächeln und sah ihr dabei direkt in die Augen.

Sie verzog das Gesicht, als hätte sie in etwas Saures gebissen, bevor sie schnell ihre Fassung wiedererlangte.

„Wow. Das ist ziemlich unerwartet."

„Ach ja?", fragte ich herausfordernd und hob fragend eine Augenbraue.

„Nun ja. Coral ist eine sehr süße und charmante junge Frau. Aber sie ist so eine ruhige Stubenhockerin, und ich hätte erwartet, dass ein Mann wie du eher auf wildere und stärkere Frauen steht, mit einem ausgeprägten Appetit auf all die Aufregungen, die das Leben zu bieten hat", sagte sie, legte ihre Handfläche auf den Tisch, beugte sich leicht vor und gab mir einen besseren Blick auf ihre Brust.

Zu ihrer Enttäuschung schaute ich nicht auf ihr Dekolleté, sondern hielt ihren Blick fest.

„Erstens: Still zu sein und Erfüllung in einem Zuhause zu finden, das man liebt, macht einen nicht langweilig oder schwach. Hast du schon mal von stiller Stärke gehört? Man muss nicht laut sein, um mächtig zu sein. Tatsächlich sollte man sich immer vor den Stillen in Acht nehmen. Man weiß nie, welche Geheimnisse sie hüten und wie stark sie wirklich sind, bis sie sich schließlich entscheiden, ihre Karten auf den Tisch zu legen. Unterschätze meine Frau nicht."

Sie schnaubte. „Ich stimme deine Aussage zwar grundsätzlich zu, aber du weißt vielleicht nicht, dass ich ein Jahr lang mit Coral zusammen in einer Wohnung gelebt habe. Sie ist ein süßes Mädchen, berechenbar und ein völlig offenes Buch. Es gibt kein mächtiges Geheimnis. Wir würden es wissen ..."

„Man kann zwanzig Jahre lang mit jemandem verheiratet sein und dann feststellen, dass man ihn eigentlich nie wirklich gekannt hat. Maße dir nicht an, Coral zu kennen", erwiderte ich abweisend. „Was mich zum zweiten Punkt bringt. Wir haben uns gerade erst kennengelernt, und doch glaubst du zu wissen, was für ein Mensch ich bin. Was genau wäre das?"

Die Art, wie sie bei dieser Frage auflebte, deutete darauf hin, dass sie genau auf diese Gelegenheit gewartet hatte, um ihren Angriff zu starten.

„Ich muss dich nicht lange kennen, um zu verstehen, dass du ein Alpha-Männchen bist", sagte Angelique mit schnurrender Stimme. „Du bist stark, ein Anführer. Deine bloße Anwesenheit erregt Aufmerksamkeit. Dein beeindruckender Körper strahlt Disziplin und Hingabe aus. Man wird nicht so schlank und muskulös, ohne eine gesunde und regelmäßige Routine zu haben. Die Art, wie du dich präsentierst, deine Kleidung, deine Frisur, der subtile, aber verführerische Duft deines Parfüms zeugen von Eleganz, Raffinesse und tadellosem Geschmack. Und unter dieser köstlichen Hülle lauert ein Löwe, bereit, seine Beute zu verschlingen. Und ich kann dir versichern, dass jede Beute, die du ins Visier nimmst, sich bereitwillig opfern würde."

Sie fügte den letzten Satz hinzu, während sie sich nach vorne beugte und ihre Lippen öffnete, als würde sie mich einladen, sie zu küssen.

Ich starrte sie einen Moment lang an und ließ die Spannung zusammen mit ihren lächerlichen Erwartungen steigen. Dann schnaubte ich und schüttelte ungläubig den Kopf, während ich sie ansah. Sie erstarrte, schockiert und beleidigt von meiner Reaktion.

„Das ist eine sehr interessante Sichtweise. Ich möchte glauben, dass die Menschen mich tatsächlich als Anführer betrachten, nicht dass mir die Zustimmung anderer besonders wichtig wäre oder ich sie suchen würde. Was meinen Körper angeht, bin ich eigentlich eher ein Faulpelz, wenn es um Fitnesstraining geht. Ich habe einfach nur einen außergewöhnlichen Stoffwechsel. Und was meinen Modegeschmack angeht, solltest du lieber meiner Frau gratulieren, denn all diese Kleidungsstücke wurden von ihr für mich ausgesucht", sagte ich und deutete spöttisch auf meinen Körper. „Ihr Geschmack ist in allem immer tadellos."

„Oh, hör auf, dich so zurückhaltend zu geben", fuhr sie mich etwas gereizt an. „Warum dich mit weniger zufrieden geben, wenn du so viel mehr haben kannst? Ein Mann wie du könnte alles und *jeden* haben."

Diesmal wurde mein Blick hart. „Ich spiele nicht den Schüchternen. Und ehrlich gesagt, deine Worte würden mir schmeicheln, wenn du meiner Frau gegenüber nicht so respektlos wärst."

„Hör auf, sie *deine Frau* zu nennen!", zischte sie. „Du verdienst viel mehr als dieses unscheinbare kleine Mädchen. Lass mich dir helfen, zur Vernunft zu kommen."

Zu meinem Erstaunen winkte sie mit der Hand und flüsterte einen Zauberspruch mit so leiser Stimme, dass die meisten Menschen ihn nicht gehört hätten oder er wie nichts weiter als ein Seufzer geklungen hätte. Aber die elende Frau hatte mich mit einem Liebeszauber belegt. Angie war sich sicher, dass ich mich nicht wehren konnte, und beugte sich vor, während sie meinen Bizeps streichelte, der unter meinem kurzärmeligen Hemd zu sehen war. Sie hatte eindeutig vor, ihre Brust an meine zu drücken und mich vielleicht sogar zu umarmen, aber die dumme Frau hatte sich mit dem Falschen angelegt.

Mit einem einzigen Gedanken entfachte ich mein Feuer unter der Haut meines Oberarms. Die blitzförmigen Feuerranken flammten mit einer der intensiven Hitze auf, die ich normalerweise zur Verteidigung im Kampf einsetzte. Angie schrie sofort auf und riss ihre Hand von mir weg, während sie ein paar Schritte zurücktaumelte. Sie hielt das Handgelenk ihrer verletzten Hand fest und starrte sie entsetzt an. Eine wütende rote Beule schwoll bereits in der Mitte ihrer Handfläche an. Angie warf mir einen Blick zu, in dem sich Schock, Verwirrung und ein Hauch von Angst abwechselten.

„Bitte, du dumme Frau. Deine erbärmlichen Lustzauber wirken bei jemandem wie mir nicht. Schäm dich, dass du versuchst, die Partnerin von jemandem zu stehlen, den du als deine Freundin bezeichnest. Und schäm dich noch mehr, dass du versuchst, jemanden zu nicht einvernehmlichen Liebesspielen zu zwingen. Ich bezweifle, dass der Hexenrat das gutheißen würde."

Sie erblasste und machte einen Schritt zurück, während sie ihre verletzte Hand an ihre Brust presste.

„Was bist du?", flüsterte sie, und in ihrer Stimme waren Angst und Verwirrung zu hören.

Ich starrte sie einen Moment lang schweigend an, stellte dann das Glas, das ich zuvor genommen hatte, ohne es zu füllen, wieder ab und ging weg. Sie sprach sofort einen Zauberspruch.

Er stellte keine Bedrohung für mich dar. Aber er bedeutete auch, dass das Spiel aus war.

„Oh mein Gott! Du bist ein Liderc!", rief sie aus.

Ein paar Leute schauten zu uns herüber. Sie hatten nicht verstanden, was sie gesagt hatte, da die Hintergrundmusik für eine gewisse Privatsphäre sorgte und sich alle praktischerweise außerhalb der Hörweite aufgehalten hatten, sobald ihre liebe Gastgeberin mich in die Enge getrieben hatte. Ein einziger böser Blick von Angie genügte, damit sie ihre Augen abwandten.

Ich blieb stehen und drehte mich zu ihr um. Sie starrte mich ungläubig an, ihr Verstand hatte Mühe, diese unmögliche Realität zu begreifen.

„Wie um alles in der Welt hat ausgerechnet Coral es geschafft, ...?"

Angeliques Stimme verstummte, als ihr Gehirn endlich eins und eins zusammenzählte. In diesem Moment wurde mir klar, dass sie wirklich vergessen hatte, dass sie mein Ei in ihrer alten Wohnung liegen gelassen hatte.

„Oh mein Gott! Du gehörst mir! Diese Schlampe hat dich mir gestohlen!", zischte sie, während Wut ihre Gesichtszüge auf unattraktive Weise verzerrte.

„Pass auf, wie du meine Frau ansprichst", warnte ich und machte einen bedrohlichen Schritt nach vorne. „Coral hat dir nichts gestohlen."

„Du stammst aus *meinem* Ei", knurrte sie und schlug sich mit ihrer gesunden Hand auf die Brust. „Ich habe ein Vermögen bezahlt, um dich zu bekommen!"

„Und dann hast du das Ei weggeworfen. Du hast es in deiner ehemaligen Wohnung zurückgelassen, und es wäre im Müll gelandet, wenn meine Frau es nicht gefunden hätte. Deshalb hast du keinen Anspruch darauf. Ein Ei zu besitzen, bedeutet nichts. Nur derjenige, der es ausbrütet, hat alle Rechte daran."

„Und das war ich!", rief sie wütend und machte einen

weiteren Schritt auf mich zu. „Drei Monate lang habe ich dich ausgebrütet. Ich habe die ganze Arbeit gemacht."

Ich zuckte mit den Schultern. „Offensichtlich hast du es falsch gemacht. Es dauert nicht so lange, bis einer von uns schlüpft."

„Richtig oder falsch, du gehörst trotzdem mir", sagte sie mit einer abweisenden Geste, bevor sie mich verwirrt ansah. „Warum willst du sie überhaupt? Sie ist die schwächste Hexe, die ich je getroffen habe – wenn man sie überhaupt so nennen kann. Sie ist langweilig und wahrscheinlich wahnsinnig eintönig im Bett. Sie wird dir mit ihren steifen, prüden und korrekten Manieren auf die Nerven gehen. Du wirst noch vor Ende der Woche darum betteln, von ihr befreit zu werden."

Mein Gesichtsausdruck muss ihr klar gemacht haben, dass sie besser vorsichtig sein sollte, da ich ihre fortgesetzte Respektlosigkeit gegenüber meiner Herrin nicht tolerieren würde. Sie änderte ihre Taktik, legte ihr wütendes und aggressives Verhalten ab und kehrte zu der verführrerischen Frau zurück, mit der sie mich ursprünglich begrüßt hatte.

„Ich kann dir das Leben voller endloser Lust bieten, nach dem du dich sehnst. Mit mir sind keine Vorlieben und keine Form der Ausschweifung tabu. Es wird keine Einschränkungen beim Essen geben, wie sie dir Coral sicherlich auferlegt hat. Wir wissen beide, dass sie dich davon abhalten wird, deine Sinnlichkeit mit anderen zu erkunden. Ich hingegen werde gerne alles, was du zu bieten hast, mit anderen teilen. Meine Freunde werden gerne einen Teil ihrer Lebenskraft opfern, um dich im Rahmen der wirkungsvollsten Sexrituale zu ernähren und zu versorgen. Was könnte ein Sexdämon mehr wollen? Du sagst es, und es gehört dir. Alles, was du tun musst, ist, zu deiner rechtmäßigen Besitzerin zurückzukehren."

Ich schüttelte gelangweilt den Kopf. „Das mag für andere verlockend sein, aber mich reizt es überhaupt nicht. Verschwende nicht deine Zeit – und vor allem nicht meine –, indem du mit mir diskutierst. Was du mir bieten kannst, ist irrelevant. Ich gehöre für immer zu Coral. Wenn du mich jetzt entschuldigen würdest, ich möchte den Abend mit meiner Frau verbringen."

Ich drehte mich um und ging.

„Das werden wir noch sehen", zischte Angelique hinter meinem Rücken mit wütender Stimme.

Die mörderische Wut, die von ihr ausging, machte deutlich, dass sie jedes Wort ernst meinte. Diese Frau würde versuchen, uns das Leben zur Hölle zu machen. Aber sie würde bald feststellen, dass ich niemand war, mit dem man spielen konnte. Was auch immer sie mit uns vorhatte, ich würde bereit sein. Und dann würde ich sie den Tag bereuen lassen, an dem sie jemals versucht hatte, sich mit meiner Herrin anzulegen.

KAPITEL 6
CORAL

Nachdem Myrtil mich fast eine halbe Stunde lang in Beschlag genommen hatte, hätte ich vor Erleichterung weinen können, als Vazul sich in unser Gespräch drängte und seinen Wunsch äußerte, zu gehen. Ich fragte ihn nicht einmal nach dem Grund und ergriff die Gelegenheit, um von dort zu verschwinden.

Es beschämte mich, zuzugeben, dass ich die ganze Zeit befürchtet hatte, ihn heute Abend zu verlieren. Da alle sich gegenseitig überboten, um mich von ihm wegzulocken, musste man kein Genie sein, um zu verstehen, dass sie Angie als Wingmen zur Seite standen. Ich verstand diese blinde Loyalität nicht, zumal so viele von ihnen sie nicht mochten.

Sophia mischte sich tatsächlich ein paar Mal ein und brachte sich in das Gespräch ein, um mich von einem besonders anhänglichen Handlanger zu befreien, der mich von meinem Mann fernhielt. Dafür liebte ich sie. Obwohl ich mir wünschte, sie hätte mehr tun können, bewegte sich meine Freundin auf dünnem Eis. Als Mitglied von Angeliques Zirkel musste Sophia vorsichtig sein, um mich nicht zu offensichtlich zu unterstützen, aus Angst, selbst zur Ausgestoßenen zu werden. Wir verstanden uns zwar großartig und schätzten uns gegenseitig sehr, aber wir standen uns nicht so nahe, dass sie ihre Zukunft, für die sie so hart gearbeitet hatte, gefährden würde, um mich zu beschützen. Das wollte ich ihr auch nicht antun. Ich war einfach dankbar für jede Hilfe, die ich bekommen konnte.

Die größte Enttäuschung kam jedoch von Myrtil. Als Oberpriesterin ihres Zirkels sollte sie mit gutem Beispiel vorangehen, anstatt eine ihrer Hexen zu unterstützen, die versuchte, einer anderen Schaden oder Kummer zuzufügen. Zugegeben, ich war kein offizielles Mitglied ihres Zirkels. Aber ich war dennoch mit allen „befreundet". Der einzige Grund, warum ich nicht zu ihnen gestoßen war, war mein mangelnder Fleiß beim Training. Die Tür stand mir offen, sobald ich die grundlegenden Anforderungen erfüllt hätte. Aber selbst dann hätte Myrtil sich aus ethischen Gründen nicht zur Komplizin machen dürfen.

Das Ärgerlichste daran war, dass ich sie nicht einmal offen beschuldigen konnte, sich mit Angie gegen mich verschworen zu haben. Das Gespräch verlief ähnlich wie die Gespräche, die sie und ich in der Vergangenheit über meine mangelnde Hingabe zum magischen Training geführt hatten. Ihrer Meinung nach besaß ich großes Potenzial, das ich ungenutzt ließ.

Und sie hatte Recht. Magie fiel mir leicht. Mit ein wenig Konzentration und regelmäßigem Training glaubte ich wirklich, dass ich Angelique übertreffen könnte. Allerdings konnte ich mir nicht vorstellen, regelmäßig mit dieser Gruppe zu interagieren. Ich vertraute keinem von ihnen. Sie als Mentoren zu haben, kam mir daher ein wenig wie Selbstmord vor. Einigen von ihnen würde ich es durchaus zutrauen, aus Eifersucht unter dem Deckmantel von Streichen oder Schikanen echten Schaden anzurichten.

Während ich uns nach Hause fuhr, warf ich Vazul viele vorsichtige Blicke zu. Er saß still da und starrte geradeaus, die kaum sichtbare Falte auf seiner Stirn deutete darauf hin, dass er intensiv über etwas nachdachte. Da ich die Stille nicht länger ertragen konnte, holte ich tief Luft und wagte es dann.

„Es tut mir leid, was meine Freunde dir angetan haben", sagte ich in entschuldigendem Ton.

Er warf mir einen Seitenblick zu, dessen Ausdruck andeutete, dass ich gerade etwas Lächerliches gesagt hatte.

„Das muss es nicht. Du bist nicht für ihre Handlungen verantwortlich. Und nenn sie nicht deine Freunde. Keiner von ihnen ist das, außer Sophia", entgegnete er sachlich.

Ich zuckte zusammen. Jetzt verstand ich, dass Vazul manchmal unbeabsichtigt auf eine Weise sprach, die grausam und unsensibel wirken konnte. Es war vergleichbar mit der Art und Weise, wie man gelegentlich mit etwas herausplatzte, das man besser nicht gesagt hätte, und sich dann sofort dafür ohrfeigen könnte. Was meinen Dämon betraf, gab es jedoch kein Selbstgeißeln, da er nicht erkannte, wie verletzend seine Worte waren. Er war lediglich ehrlich und stellte Tatsachen fest, keine Meinungen.

Das traf mich tief, einfach weil ich wusste, dass es stimmte. Aber der Menschenfreund in mir klammerte sich weiterhin an die Hoffnung, dass sie irgendwann, irgendwie, meinen Wert als Mensch und als Freund erkennen würden.

„Warum verkehrst du mit diesen Leuten?", fragte er mit sanfter Stimme, voller echter Neugier und Verwirrung.

Ich rutschte unruhig auf dem Fahrersitz hin und her und überlegte einen Moment, wie ich antworten sollte.

„Ich treffe mich eigentlich mit keinem von ihnen mehr, außer ab und zu mit Sophia. Angie und ich haben an der Uni dasselbe Kunststudium absolviert. Ich habe mich auf Bildhauerei und Holz konzentriert, während sie sich auf Malerei konzentriert hat. Aber wir haben beide an Miniaturkunst-Workshops teilgenommen. So sind wir ins Gespräch gekommen."

Er nickte mit einem unbeeindruckten Gesichtsausdruck, der mich zunächst überraschte.

„Verstehe. Und lass mich raten, viele dieser Gespräche drehten sich darum, dass sie Ideen von dir gesammelt hat?"

Obwohl er es als Frage formulierte, war es eher eine Feststellung. Ich schnaubte, beeindruckt von seiner Intuition. Oder war es seine Fähigkeit, Menschen zu lesen?

„Ich habe zu lange gebraucht, um zu erkennen, dass sie tatsächlich nach Ideen fischte, die sie sich aneignen konnte. Leider habe ich mein ganzes Leben lang mit einer ziemlich traurigen Neigung gekämpft, es allen recht machen zu wollen", gab ich selbstironisch zu. „Aber von dem beliebten Mädchen angesprochen zu werden, schmeichelte meinem Ego. Es stellte sich heraus, dass sie und ihre Mitbewohnerin eine dritte Person suchten, um diejenige zu ersetzen, die gerade ausgezogen war. Durch die Wohngemeinschaft könnte ich noch mehr Geld für die Anzahlung für mein Haus und die Gründung meines eigenen Unternehmens sparen. Also ja, ich habe die Gelegenheit beim Schopf gepackt."

„Wie praktisch", antwortete er.

„Eher wie wenig überraschend. Erst als ich eingezogen war, wurde mir klar, wie unerträglich das Zusammenleben mit ihr war. Aber so habe ich auch Sophia kennengelernt. Wir haben uns sofort gut verstanden. Auch wenn wir sehr unterschiedliche Persönlichkeiten haben. Sie ist wie Teflon, ich bin wie ein Fußabtreter. Sie kommt herein, tut, was sie tun muss, egal wie giftig und unangenehm die Situation ist, geht dann hinaus und wäscht sich unbeschadet davon rein. Ich hingegen bleibe mit dem Dreck aller anderen in jeder Faser meines Wesens stecken."

„Du bist kein Fußabtreter", erwiderte er streng. „Du bist eine Empathin. Und die Leute nutzen das aus. Wir müssen nur daran arbeiten, dass du deine Grenzen setzt und auch durchsetzt. Aber keine Angst. Du hast jetzt mich, der dich daran erinnert und dich unterstützt, bis du die innere Stärke besitzt, die ich deutlich in dir sehe."

Mein Herz wurde warm für meinen Dämon. Wenn ich nicht gerade am Steuer gesessen hätte, hätte ich ihn fest umarmt.

„Du verursachst mir ein Schleudertrauma", murmelte ich, um meine Verlegenheit zu verbergen.

„Schleudertrauma?", fragte Vazul etwas verwirrt.

„Manchmal kannst du mit deiner unverblümten Brutalität so ein Idiot sein. Und dann drehst du dich um und sagst etwas unglaublich Nettes."

Er warf mir einen seltsamen Blick zu, bevor er mit den Schultern zuckte. „In allen Fällen sage ich lediglich die Wahrheit, wie ich sie sehe. *Du* interpretierst meine Absichten fälschlicherweise als gemein. Was auch immer meine Handlungen oder Worte sein mögen, sei dir bewusst, dass sie, wenn es um dich geht, niemals von Bosheit oder Grausamkeit getrieben sind. Ich existiere, um dein Leben zu verbessern und dich zum Erfolg zu führen."

„Wie ich schon sagte, ein Schleudertrauma …", wiederholte ich, während ich innerlich dahinschmolz.

Er schnaubte.

„Wie auch immer, es war Sophia, die mich zur Magie gebracht hat. Ich wusste nicht einmal, dass es so etwas wirklich gibt", fuhr ich fort. „Angie hat mich nur eingeladen, mit ihnen zusammenzuwohnen, weil sie mein verborgenes Talent spüren konnte. Außerdem war es für sie so einfacher, ungehinderten Zugang zu meinen Ideen zu haben, um sie sich anzueignen."

„Natürlich", antwortete er sarkastisch. „Aber sie scheint ziemlich wohlhabend zu sein. Warum brauchte sie Mitbewohner?"

„Weil wir eine schicke Wohnung auf dem Campus hatten. Leider musste man für diese Wohnung drei Personen sein. Als ihre ehemalige Mitbewohnerin auszog, brauchten sie einen Ersatz, sonst hätten sie die Wohnung aufgeben und sich mit einer schlechteren zufriedengeben müssen. Es ist viel bequemer, auf

dem Campus zu wohnen, als sich jeden Tag mit dem Albtraum-
verkehr herumzuschlagen."

„Dann freue ich mich einfach, dass du das lange genug
ertragen konntest, um mich auszubrüten", sagte er neckisch.

Ich schnaubte und stieß ihn spielerisch mit dem Ellbogen an.
Trotzdem gab es mir jedes Mal ein warmes Gefühl, wenn er so
etwas sagte.

„Ich schätze, es war doch nicht so schlimm, trotz der
nervigen Erfahrung, die es gewesen war", stimmte ich zu.

„Warum bist du dann nicht Teil ihres Zirkels?", fragte er,
ehrlich interessiert.

„Ehrlich gesagt habe ich darüber nachgedacht. Tatsächlich
hat es mir großen Spaß gemacht, all die Dinge zu entdecken, die
ich damit tun konnte. Magie ist wirklich cool. Auch die Kameradschaft in einem Zirkel hat mich gereizt, da ich mich oft wie
eine Außenseiterin gefühlt habe, die in keine bestimmte Gruppe
wirklich hineinpasste. Sogar Myrtil, die Hohepriesterin, sagte,
ich hätte großes Potenzial. Aber diese ganze Gruppe macht mich
unruhig."

„Natürlich", bestätigte er wie selbstverständlich. „Sie haben
ganz andere Werte, Moralvorstellungen und Ambitionen. Bei
ihnen bist du ein Schaf unter Wölfen."

Das tat weh. Obwohl ich verstand, dass er es nicht abwertend
gemeint hatte, fühlte ich mich dennoch minderwertig und wie
der Schwächling, der ich allzu oft zu sein pflegte.

„Im Vergleich zu dir muss ich dir wohl langweilig vorkom-
men", sagte ich und ärgerte mich sofort darüber, dass ich so
erbärmlich und bedürftig geklungen hatte.

„Sei nicht albern", erwiderte er stirnrunzelnd. „Wenn du uns
gerade nicht fahren würdest – was eigentlich meine Aufgabe
wäre –, würde ich dich über mein Knie legen und dir ordentlich
den Hintern versohlen. Und zwar nicht auf die lustige Art. Alles
an dir schmeckt und fühlt sich besser an als diese Haie. Hör auf,
dich mit Menschen zu vergleichen, die dir in jeder Hinsicht

unterlegen sind. Ihre Magie bedeutet nichts. Mit dem richtigen Training wirst du sie bei weitem übertreffen. Aber keine Anstrengung und keine Therapie wird sie emotional auch nur annähernd so wunderbar machen wie dich. Ich bin froh, dass du mich ausgebrütet hast und nicht sie. Ich würde niemals zu einem von ihnen gehören wollen, solange ich glücklicherweise zu dir gehören kann."

Ja, meine Eierstöcke explodierten erneut. Es war ein Wunder, dass ich nicht gegen eine Wand gekracht bin oder bei Rot über die Ampel gefahren bin, so sehr war ich damit beschäftigt, bei seinen süßen Worten zu schweben.

„Siehst du! Die Gefühle, die du gerade empfindest, schmecken göttlich. Hör auf, meine Snacks mit irrationalen und unbegründeten Gefühlen zu ruinieren", murrte er.

Ein albernes Grinsen breitete sich auf meinen Lippen aus, als ich ihn strahlend ansah.

„Dann sei einfach weiterhin so süß zu mir, und ich werde weiterhin Gefühle empfinden, die für dich köstlich sind", erklärte ich trocken.

„Herausforderung angenommen", sagte er in einem leicht bedrohlichen Ton, der mich an den richtigen Stellen kribbeln ließ.

Unnötig zu sagen, dass ich mich, sobald wir zu Hause ankamen, auf die frechste Art und Weise bei ihm bedankte.

~

Am nächsten Morgen untersuchte ich meinen standardmäßigen Couchtisch, der ein echter Hingucker war. Ich hatte unglaublich viel Zeit damit verbracht, den aufwendig geschnitzten Holztisch zu bauen, dessen Inneres ich hohl gelassen hatte, um darin ein Alchemistenlabor einzubauen. Allerdings hatte ich einen alternativen Miniatureinsatz gebaut, damit die Leute die unendlichen Anpassungsmöglichkeiten sehen konnten. Und stattdessen verliebte ich mich Hals über Kopf in die Option mit der verwunschenen viktorianischen Straße.

Das Ergebnis übertraf alle meine Erwartungen, insbesondere nachdem Vazul seine Magie wirken ließ und die Elemente, die ich nicht so makellos wie möglich gestaltet hatte, polierte oder bestimmte Materialien ersetzte, um den Realismus zu erhöhen.

Ich hatte gerade die elektrischen Elemente der Miniatur fertiggestellt. Dadurch konnten die Fenster nachts automatisch beleuchtet werden. Der Timer enthielt auch einen Zufallsgenerator, sodass nicht alle Fenster gleichzeitig ein- oder ausgeschaltet wurden, was die Illusion erzeugte, dass echte Menschen mit unterschiedlichen Tagesabläufen in dieser Straße lebten. Das funktionierte perfekt, ebenso wie die Beleuchtung der „Gaslaternen", die die Straße säumten. Als ich jedoch dort stand und auf meiner Unterlippe kaute, überlegte ich, ob ich nicht doch ein oder zwei von ihnen gelegentlich flackern lassen sollte. Dies hätte jedoch zusätzliche Elektroarbeiten erfordert, die mir den Aufwand und das Risiko nicht wert waren, insbesondere so kurz vor Ablauf der Frist.

„Hör auf, auf deinem Mund rumzukauen. Das ist meine Aufgabe", murrte Vazul, bevor er an meiner Unterlippe zog.

Ich schnaubte und verzog das Gesicht.

„Ich denke nach", sagte ich.

„Dann denk mit deinem Kopf, nicht mit deinem Mund. Womit quälst du dich diesmal?", fragte er.

„Ich überlege, ob es sich lohnt, einige der Laternen mit einem Flackereffekt auszustatten oder lieber Zeit darauf zu verwenden, etwas Nebel auf den Boden zu legen", gab ich nachdenklich Preis. „Der Flackereffekt wäre nicht so kompliziert, aber jede elektrische Komponente erhöht nur das Risiko einer zufälligen Fehlfunktion im ungünstigsten Moment. Was den Nebel angeht, müsste ich einen integrierten Luftbefeuchter einbauen, damit der Besitzer ihn nach Belieben auslösen kann.

Aber das könnte auf lange Sicht zu Schimmel oder anderen Problemen führen, insbesondere bei den elektrischen Komponenten für die Beleuchtung."

„Dann benutze Magie", entgegnete Vazul, als wäre es selbstverständlich. „Es gibt viele einfache Zaubersprüche, mit denen man solche Illusionen erzeugen kann. Platziere einfach unsichtbare Runen, die durch einfache Zauberworte aktiviert werden. Die Leute brauchen nicht einmal Magie, um sie zum Funktionieren zu bringen. Für sie wird es sich nicht von anderen sprachgesteuerten Geräten unterscheiden, die sie bereits besitzen. Du könntest sogar geisterhafte Gestalten die Straße überqueren oder an zufälligen Orten erscheinen lassen, sobald die Nacht hereinbricht."

Ich riss die Augen auf und starrte ihn geschockt an, weil er genau das beschrieb, was ich gerne hinzugefügt hätte, aber von meiner Liste realistischer Errungenschaften gestrichen hatte.

Er lachte leise. „Sei nicht so schockiert. Ich verstehe, was du willst. Wie glaubst du, habe ich es geschafft, deine Kreationen genau nach deiner Vorstellung zu verfeinern? Füge sie einfach hinzu. Das wird dein Meisterwerk vervollständigen."

„Aber ich kenne diese Zaubersprüche nicht", sagte ich kleinlaut.

„Dann lerne sie", knurrte er unbeeindruckt. „Es gibt ganz einfache Zaubersprüche, die du in ein paar Stunden beherrschen kannst."

„Ist das überhaupt ethisch vertretbar?", fragte ich und trat unruhig von einem Fuß auf den anderen.

Er schnaubte. „Angelique's Kollektion wurde vollständig mit Magie hergestellt, und zwar nicht einmal mit ihrer eigenen. Wenn das ein Problem wäre, wäre sie schon vor langer Zeit dafür kritisiert worden. Letztendlich gelten nur die Regeln, dass du alle Rechte an deiner Kollektion besitzt, dass sie den grundlegenden Qualitätsstandards entspricht und dass sie für die Öffentlichkeit sicher ist. Du erfüllst alle diese Anforderungen. Also leg los."

Ich begann wieder auf meiner Unterlippe zu kauen, meine Nerven überwältigten mich und mein Rücken verspannte sich. Er hatte recht. Es handelte sich um einfache Zaubersprüche, die ich leicht beherrschen könnte, wenn ich mich darauf konzentrierte. Aber ich fühlte mich überwältigt bei dem Gedanken an alles, was ich tun sollte, während die Uhr tickte.

Ich schrie auf, als Vazul plötzlich seine Brust gegen meinen Rücken drückte und eine Hand unter den Bund meines Rocks schob. Seine Finger suchten sofort meine Klitoris und begannen, sie zu reiben.

„Was machst du da?", rief ich aus, obwohl eine Welle der Lust in meinem Inneren explodierte.

„Du bist bei Kleinigkeiten viel zu angespannt. Ich helfe dir, dich zu entspannen", sagte er nonchalant.

„Das kannst du nicht machen!"

„Natürlich kann ich das", erwiderte er mit ausdrucksloser Miene, während er zwei Finger in mich einführte und mit seinem Daumen weiter meine Klitoris massierte. Er schob seine linke Hand unter mein Shirt, um meine Brust zu ergreifen. „Und offensichtlich tue ich das auch."

„Offensichtlich. Aber wie soll ich mich konzentrieren?", sagte ich in einem missbilligenden Ton, der jedoch durch meine Beine widerlegt wurde, die sich wie von selbst spreizten, um ihm besseren Zugang zu gewähren.

„Finde es selbst heraus. Es ist deine Aufgabe, zu denken. Meine ist es, zu handeln. Und im Moment will ich dich", schnurrte er, bevor er mit seinen Reißzähnen über meine Halsseite strich.

„Vazul!", protestierte ich auf die schwächste und erbärmlichste Art und Weise, während meine inneren Wände vor Vorfreude pochten.

Das Klingeln an der Tür ließ mich fast aus meiner Haut fahren. Die Reihe von Schimpfwörtern, die aus dem Mund meines Dämons sprudelte, spiegelte die wider, die mir durch den

Kopf schossen. Wer zum Teufel wollte schon von einem zufälligen Besucher gestört werden, gerade als er von seinem Sexdämon gefingert wurde, der ihn bald darauf bis zur Bewusstlosigkeit vögeln würde?

Mit großer Zurückhaltung befreite ich mich von den intimen Berührungen meines Liebhabers, richtete meine Kleidung und verließ das Zimmer. Plötzlich kam mir der Gedanke, dass es sich wahrscheinlich um die Lieferung des zusätzlichen Materials handelte, das ich in letzter Minute bestellt hatte. Ich würde es schnell ins Haus bringen, bevor ich zu Vazul zurückeilte, damit er mich ordentlich befriedigen konnte.

Meine Wangen glühten vor Scham, dass ich mich seit seinem Eintritt in mein Leben in eine solche sexhungrige Bestie verwandelt hatte. Aber man lebte nur einmal. Meinen Liderc nicht in vollen Zügen zu genießen, wäre nicht nur ein Verbrechen gegen die Menschlichkeit, sondern würde mich auch zu einer furchtbaren Herrin machen. Schließlich war er erst kürzlich geschlüpft und musste richtig gefüttert werden. Wer war ich, dass ich ihm solche Grundbedürfnisse verweigern konnte?

Ich kicherte leise über die Schamlosigkeit, mit der ich versuchte, das Benehmen meiner inneren Schlampe zu rechtfertigen, die ich viel zu lange dummerweise unterdrückt hatte.

Nein, nicht unterdrückt. Sie hatte nur noch nicht den richtigen Partner gefunden, um sich entfalten zu können.

Diese plötzliche Erkenntnis traf mich hart. Ich benahm mich nicht nur so, weil ein seltsames Wesen aus der Unterwelt in mein Leben getreten war. Ich ließ endlich meine Schutzmauer fallen und erkundete den Teil von mir, den ich zuvor niemals anderen gezeigt hätte. Nicht, weil daran etwas falsch gewesen wäre, sondern weil ich mich mit niemandem außer meinem Dämon so sicher gefühlt hätte. Ich konnte Emotionen nicht so lesen wie er, und doch wusste ich ohne den geringsten Zweifel, dass er mich niemals verurteilte oder meine Gedanken oder Wünsche nicht guthieß.

Er akzeptierte mich so, wie ich war. Dass er mich dazu drängte, an meinen Schwächen zu arbeiten, war kein negatives Urteil über mich. Wie er selbst sagte, wollte Vazul, dass ich mein volles Potenzial ausschöpfte, und dafür musste ich etwas tun.

Mit ihm hatte ich das Gefühl, dass selbst der Himmel keine Grenze darstellte. Solange ich mich mit ganzem Herzen dafür einsetzte, konnte ich meine Ziele erreichen, denn er stand mir immer zur Seite und war bereit, mich aufzufangen, sollte ich jemals stolpern.

Ich schlenderte mit einem wehmütigen Lächeln im Gesicht zur Haustür, das jedoch in dem Moment verschwand, als ich die Tür öffnete.

„Angie?! Was machst du denn hier?", fragte ich verstört beim Anblick der unangenehmen Frau.

„Ich bin gekommen, um mir zu holen, was mir gehört", sagte sie in befehlendem Ton, bevor sie mich beiseiteschob und ins Haus stürmte.

Schockiert schnappte ich nach Luft angesichts dieser Anmaßung und Unhöflichkeit. Ich öffnete den Mund, um ihr meine Meinung zu sagen, als mein Blick auf ihre Taschen fiel, die noch immer neben der Konsole in der Eingangshalle gestapelt waren. Obwohl ich das wahre Motiv für ihre Anwesenheit kannte, beschloss ich, das Spiel mitzuspielen und zu sehen, wohin es uns führen würde.

„Klar, deine Taschen sind alle hier", erklärte ich und zeigte auf sie.

Sie spottete darüber, bevor sie sich wieder mir zuwandte und mich finster anblickte.

„Spiel nicht die Dumme", fauchte sie. „Niemand interessiert sich für diesen Müll. Ich will meinen Liderc, du Diebin!"

Ich hob trotzig mein Kinn. „Wir wissen beide, dass ich nichts gestohlen habe. Er gehört dir nicht. *Du* hast ihn nicht ausgebrütet. *Ich* habe das getan. Deshalb hast du keinen Anspruch auf ihn."

„Du hast mein Eigentum gestohlen!", knurrte sie.

„Du hast das Ei weggeworfen. Damit war es Freiwild."

„Ich habe es zurückgelassen, um es später zusammen mit meinen anderen Sachen abzuholen", entgegnete Angelique. „Du hast selbst gesagt, ich solle meine Sachen jederzeit abholen kommen. Nun, jetzt ist es soweit."

„Das habe ich", gab ich zu. „Und deine Sachen stehen alle genau dort. Nur sind es nach deinen eigenen Worten Dinge, die niemand interessiert."

„Das Ei ..."

„Das Ei gibt es nicht mehr", unterbrach ich sie im scharfen Tonfall. „Es ist geschlüpft, und die Schale ist zerfallen. Jetzt existiert ein vollwertiges Lebewesen. Es gibt keinen Gegenstand und kein Eigentum mehr, das du beanspruchen kannst."

„Vazul ist kein Mensch. Er ist ein Dämon, ein Diener. MEIN Diener", zischte Angelique. „Du kannst seine Bedürfnisse nicht so erfüllen wie ich. Ich wette, du fütterst ihn nicht einmal richtig, weil du zu erbärmlich bist, um ihm auch nur einen Bruchteil deiner Lebenskraft zu geben."

Diese Bemerkung traf mich tief. Auch wenn Vazul versprochen hatte, dass es ihm reichte, sich von meinen Emotionen zu ernähren, ohne mich auszusaugen, fragte ich mich doch, ob er das nur sagte, um mir zu gefallen, oder ob er tatsächlich von Tag zu Tag schwächer wurde, weil ihm die richtige Nahrung fehlte. Etwas in meinem Gesicht muss verraten haben, dass sie richtig geraten hatte, denn in ihren blauen Augen blitzte ein boshafter Triumph auf.

„Ich wusste es. Du bist so verdammt schwach und glaubst, du könntest jemanden wie ihn besitzen?", triumphierte sie und machte einen bedrohlichen Schritt auf mich zu. „Ich kann dich ruinieren, kleines Mädchen. Ich habe Geld, Beziehungen und das Gesetz auf meiner Seite. Du fügst mir derzeit schweren finanziellen Schaden zu."

Ich wich zurück, fassungslos über diese wahnwitzige Anschuldigung.

„Finanziellen Schaden?! Wie zum Teufel schade ich dir?"

„Das Ei hat ein Vermögen gekostet", sagte Angelique selbstgefällig. „Der Preis ist hoch genug, um als schwerer Diebstahl zu gelten, eine strafbare Handlung. Hinzu kommt, dass die Arbeit meines Liderc nicht nur die Anfangsinvestition in voller Höhe ausgleichen würde, sondern mir auch helfen würde, beträchtliche langfristige Einnahmen zu erzielen. Du beraubst mich dieser Möglichkeit. Seit Monaten stehen viele Kunden Schlange, um von seinen Diensten zu profitieren."

Ich war sprachlos. „Du willst ihn also zur Schau stellen?"

Jetzt war sie an der Reihe, ihr Kinn trotzig zu heben und mich herauszufordern, sowohl ihr Recht als auch die Weisheit ihres Vorgehens in Frage zu stellen.

„Wie viele Männer und Frauen kennst du, die nicht bereit wären, ein Vermögen dafür zu bezahlen, sicher mit einem Dämon zu schlafen?", fragte sie, während ihre Augen vor Gier glänzten.

„Oh mein Gott! Du willst ihn *buchstäblich als Sexsklaven* verkaufen, nicht nur als *Arbeitskraft*!", rief ich aus, völlig fassungslos, während Wut in mir aufstieg. „Das kommt überhaupt nicht in Frage. Vazul ist keine Prostituierte, die du ausbeuten kannst!"

„Er ist ein Sexdämon, du dumme Schlampe! Ficken ist sein Metier. Ich kann dir versichern, dass er das viel mehr will als die langweiligen Aufgaben, die du ihm wahrscheinlich gibst. Du kannst ihm nicht geben, was er will oder braucht. Was in aller Welt hat dich glauben lassen, dass jemand wie du ein übernatürliches Wesen wie ihn halten könnte?"

Jedes ihrer Worte fühlte sich wie ein glühender Dolch an, der mir ins Herz stach und jede meiner Ängste offenlegte, die mir im Kopf herumschwirrten. Er war ein Sexdämon. Warum sollte er sich mit mir zufriedengeben, wenn er jede haben konnte, die er wollte, und sich den extremeren Vorlieben hingeben konnte, auf die ich niemals stehen würde?

Angeliques Wut verflog plötzlich, und sie nahm eine Haltung ein, die Mitleid mit Wohlwollen vermischte, was noch mehr wehtat.

„Ich verstehe schon. Ich bin mir sicher, dass deine Muschi es noch nie so guthatte. Schließlich haben die Top-Männer nicht gerade an deiner Tür geklopft. Also kann ich nachsichtig sein. Nachdem du mir mein Eigentum zurückgegeben hast, werde ich ihn dich einmal pro Woche kostenlos besuchen und vögeln lassen. Das wird weit mehr Action sein – und zwar von erstklassiger Qualität –, als du in dem ganzen Jahr, in dem wir Zimmergenossinnen waren, gehabt hast. Ehrlich gesagt würde es mich nicht wundern, wenn es mehr Action wäre, als du in deinem ganzen mausgrauen Leben jemals gehabt hast."

Tränen der Wut und Scham stiegen mir in die Augen. Doch so niedergeschlagen und gedemütigt ich mich auch fühlte, ich würde ihr nicht zeigen, wie sehr sie mir unter die Haut ging. Und vor allem würde ich nicht zulassen, dass sie mit Vazul machte, was sie mit ihm vorhatte. Selbst wenn ich ihn auf lange Sicht verlieren würde, dann niemals an eine Hexe wie sie.

„Danke für deine Nachsicht", sagte ich mit so viel Sarkasmus und Verachtung, wie ich aufbringen konnte. „Aber die Antwort bleibt nein. Ich werde nicht zulassen, dass du ihn ausbeutest. Die bloße Tatsache, dass du hier stehst und versuchst, mich davon zu überzeugen, ihn dir zu übergeben, bestätigt, dass du kein Recht auf ihn hast. Wenn er dir gehören würde, hättest du ihn einfach genommen und wärst gegangen. Du wärst nicht hier und würdest mir mit leeren Drohungen kommen, um mich dazu zu bringen, dir zu geben, was du willst."

„Ich kann dir das Leben zur Hölle machen, du dumme Kuh", zischte Angelique und zeigte wütend mit einem Finger auf mich.

„Du kannst es versuchen", entgegnete ich mit eisiger Miene.

„Aber ich bezweifle, dass der Hexenrat es gutheißen wird, wenn du versuchst, einer anderen Hexe ihren Vertrauten zu stehlen."

„Du bist keine Hexe, du Dummkopf. Du hast keinen Zirkel, keinen Schutz. Was glaubst du, auf wessen Seite sich der Rat stellen wird? Auf meiner, einer mächtigen und hoch angesehenen Hexe in unserem Kreis? Oder auf deiner, des schwachen, ungebundenen kleinen Niemands, das sich nicht einmal die Mühe gemacht hat, seine Grundausbildung abzuschließen?"

Diesmal fühlte ich mich wirklich besiegt.

KAPITEL 7
VAZUL

Während ich ihrer Unterhaltung zuhörte, kochte mein Blut vor Wut immer mehr. Der Zorn, den ich gegenüber Angie empfand, würde bald seinen Höhepunkt erreichen. Auch Corals mangelndes Selbstvertrauen ärgerte mich. Wie oft musste ich ihr noch sagen, dass ich ihr gehörte? Und doch half mir das Anhören dieses Geschwätzes tatsächlich dabei, die wunden Punkte meiner Herrin zu identifizieren.

Die dumme Frau glaubte ernsthaft, dass meine Eigenschaft als Sexdämon bedeutete, dass ich ständig nach den perversesten Formen der Ausschweifung verlangte. Das war nicht der Fall. Es bedeutete lediglich, dass ich für alles offen war und meinem Partner unermessliches Vergnügen bereiten konnte. Ich musste nicht persönlich Spaß an den Perversionen haben, an denen ich teilnehmen musste. Letztendlich war es mir nur wichtig, dass mein Partner bekam, was er brauchte, damit ich mich ernähren konnte.

Aber ich hatte meine Vorlieben und meinen eigenen Geschmack. Auch wenn sie sich vorerst schwer damit tat, dies zu akzeptieren, würde ich ihr im nächsten Leben beweisen, dass sie meine Bedürfnisse mehr als befriedigte. Ihre Vorlieben waren auch meine, nicht aus Pflichtgefühl, sondern weil ich wirklich alles mochte, worauf sie stand. Sex mit ihr war keine lästige Pflicht, sondern gegenseitiges Vergnügen um des Vergnügens willen. Mich von ihren köstlichen Emotionen zu ernähren, war nur ein zusätzlicher Bonus.

Trotzdem liebte ich es, zu sehen, wie meine Frau im Laufe des Gesprächs immer mehr Rückgrat zeigte. Ihre tiefe Empörung darüber, dass Angie andeutete, sie würde mich ausbeuten, fand ich äußerst amüsant. Es war nicht Eifersucht, die Corals Wut auslöste, sondern das aufrichtige Bedürfnis, mich vor etwas zu schützen, das sie als extreme Ausbeutung und Erniedrigung empfand. Es verwirrte mich, erneut die Bestätigung zu erhalten, dass sie mich als Person und nicht nur als Eigentum zutiefst schätzte.

Frühere Meister hatten Angies Ansicht darüber geteilt, was ich war und wie ich benutzt werden sollte. Andere auf dieser Party hätten ebenfalls schamlos einen ähnlichen Ansatz gewählt, wenn ich ihnen gehört hätte. Aber nicht meine schöne Coral.

Angeliques verächtliche Stimme riss mich aus meinen Gedanken.

„Du bist keine Hexe, du Dummkopf. Du hast keinen Zirkel, keinen Schutz. Was glaubst du, auf wessen Seite sich der Rat stellen wird? Auf meiner, einer mächtigen und hoch angesehenen Hexe in unserem Kreis? Oder auf deiner, eines schwachen, ungebundenen kleinen Niemands, das sich nicht einmal die Mühe gemacht hat, seine Grundausbildung abzuschließen?"

Ich hatte genug, stampfte aus dem Raum und marschierte zum Eingang.

„Sie hat sehr wohl Schutz. Mich", knurrte ich und schlug mir mit der Faust auf die Brust. „Ich habe dir gesagt, du sollst dich verdammt noch mal von meiner Coral fernhalten und aufhören, sie zu bedrohen oder zu belästigen."

Coral starrte mich mit offenem Mund an und schien sowohl erleichtert als auch unsicher, wie sie mit der Situation umgehen sollte. Also übernahm ich die Führung. Ich ging auf die beiden Frauen zu und schob meine Herrin sanft zur Seite, sodass die elende Hexe keine andere Wahl hatte, als sich mir zu stellen.

Trotz der Angst, die in ihr aufstieg, nahm Angelique eine trotzige Haltung ein, die unter anderen Umständen Respekt eingefordert hätte.

„Pfft! Sie ist so schwach, dass sie ihren Diener beauftragt hat, sie zu verteidigen?", fragte Angelique mit einer Stimme, die vor Verachtung triefte.

„Meine Coral hat nichts dergleichen getan", antwortete ich mit so viel Verachtung, wie ich aufbringen konnte. „Ich beschütze sie, weil ich es *will*. Ich gehöre dir nicht, habe dir nie gehört und werde dir nie gehören. Monatelang hast du versucht, mich auszubrüten, und bist kläglich gescheitert. Hast du dich jemals gefragt, warum?"

„Anscheinend, weil du defekt warst", erwiderte sie und versuchte, die Unsicherheit zu verbergen, die sich in ihr breitmachte.

„Nein, du dumme Dirne. Ich bin nicht geschlüpft, weil ich mich geweigert habe, für *dich* zu schlüpfen. Alles an dir ist widerwärtig. Ich *habe mich entschieden,* nicht zu schlüpfen, weil ich niemals einer so arroganten und egoistischen Hexe wie dir dienen würde. Du verdienst es nicht, dass jemand wie ich dein Leben bereichert. Aber in dem Moment, als ich Coral spürte, wusste ich, dass sie die Richtige war."

Der Schock und die Empörung, die in Angelique hochkamen, waren buchstäblich orgastisch. Wer hätte gedacht, dass mich irgendetwas an dieser widerlichen Frau erregen könnte? Natürlich nicht in dem Sinne, dass ich mit ihr in irgendeiner Weise intim werden wollte. Aber ich konnte nicht leugnen, dass es mir Freude bereitete, sie unglücklich zu machen. Das wurde noch dadurch verstärkt, dass Coral von meinen Worten tief bewegt war.

„Zwei Stunden waren alles, was Coral brauchte, damit ich

mich aus den Tiefen der Unterwelt erhob und zu ihr eilte. Sie ist die Herrin, der ich schon immer dienen wollte. Ihre Gefühle sind wie reinste Ambrosia. Ihre Berührungen sind wie eine süchtig machende Droge, von der ich niemals geheilt werden möchte. Ich sehne mich nach allem an ihr, ihrer Gegenwart, ihrer Stimme, sogar ihr nachdenkliches Schweigen ist mir eine Freude. Aber alles an dir ist abstoßend. Jedes Mal, wenn du bei deiner Veranstaltung deine schmutzigen Pfoten auf mich gelegt hast, hat sich meine Haut gekräuselt."

„Du lügst!", schrie Angelique, die Hände zu Fäusten geballt, während sie gegen Tränen der Demütigung ankämpfte.

„Ich lüge nicht. Und zu wissen, dass meine Worte die Wahrheit sind, macht dich gerade wütend", stellte ich mit boshafter Freude fest. „Du kannst aufhören, diesen Unsinn zu verbreiten. Coral muss mich nicht bitten, Aufgaben für sie zu erledigen. Ich sehne mich danach, sie zu erledigen, weil ich es liebe, ihr eine Freude zu machen. Sollte sie mich jemals verstoßen, werde ich in die Unterwelt zurückkehren, bevor ich jemals jemandem wie dir diene."

Ich ging noch ein paar Schritte vorwärts und ragte über der unerträglichen Hexe auf. Sie wich ein paar Schritte zurück, wütend, eingeschüchtert und immer noch unfähig zu akzeptieren, dass die Dinge nicht nach ihrem Willen gelaufen waren.

„Wie meine Frau bereits sagte, hast du das Eigentumsrecht an dem Ei aufgegeben, als du es in deiner Wohnung zurückgelassen hast. Das Ei existiert nicht mehr. Es ist beim Schlüpfen zerbrochen und verbrannt. Du hast hier keinen Anspruch mehr. Jetzt verschwinde und komm nicht zurück. Solltest du meine Herrin jemals wieder bedrohen oder belästigen, wirst du meinen Zorn zu spüren bekommen. Und denk daran, ich bin nicht an die Gesetze der Sterblichen gebunden", knurrte ich bedrohlich.

„Der Rat der Hexen wird davon erfahren!", fauchte Angelique und warf meiner Frau und mir abwechselnd giftige Blicke zu.

„Nur zu, geh zu ihnen und weine dich aus und schau, welche Antwort du bekommst, wenn du versuchst, einen Vertrauten zu stehlen", antwortete ich spöttisch.

Mit einem wütenden Knurren drehte sich Angelique um und stürmte aus dem Haus. Ich schlenderte gemächlich zur Tür, schloss sie ordentlich hinter ihr und schloss sie ab, bevor ich mich meiner Frau zuwandte.

Die Ehrfurcht und die starken Gefühle, mit denen Coral mich ansah, versetzten mich in Aufruhr.

„Was für unglaublich nette Worte über mich", sagte sie mit leicht zitternder Stimme.

Ich schnaubte. „Das war nicht nett, das war wahr."

Sie blinzelte und starrte mich mit einem unsicheren Blick in ihren schönen hellbraunen Augen an.

„Wirklich? Du kannst dir aussuchen, für wen du ausschlüpfst?", fragte Coral zögernd.

„Ja, du dummes Weib. Ich habe dir doch gesagt, dass ich nicht lüge. Ich bin für *dich* geschlüpft, weil ich *dir* gehören wollte."

Ihre Lippen zitterten, und die Welle der Gefühle, die mich von ihr überflutete, hätte mich fast umgehauen. Niemals in meinem tausendjährigen Leben hatte jemand solche Gefühle für mich zum Ausdruck gebracht.

Coral rannte auf mich zu und warf sich in meine Arme. Ich fing sie auf, sie schlang ihre Arme um meinen Hals und ihre Beine um meine Hüften, bevor sie meine Lippen mit einem leidenschaftlichen Kuss bedeckte. Viel zu schnell beendete sie ihn, um mich voller Verehrung anzusehen.

„Du bist wirklich der Beste", sagte sie mit vor Emotionen belegter Stimme.

„Ich weiß", erwiderte ich selbstgefällig und grinste sie an. „Du kannst mir dafür gerne ordentlich danken."

Sie brach in Gelächter aus, versenkte dann ihre Finger in meinem Haar und rieb ihre Nase an meiner.

„Ich finde, du hast es verdient", flüsterte sie an meinen Lippen.

Das musste sie nicht zweimal sagen.

Ich trug sie hinauf ins Schlafzimmer, während unsere Lippen in einem leidenschaftlichen Kuss verschmolzen. Ihre stetig wachsende Erregung war das stärkste Aphrodisiakum. Als Sexdämon konnte ich auf Kommando eine Erektion bekommen. Aber bei ihr musste ich meinen Schwanz nicht einmal dazu auffordern, in Aktion zu treten. Ihre bloße Anwesenheit, ihre kleinsten Emotionen reichten aus, um das Blut in meinen Unterleib strömen zu lassen. Selbst jetzt sehnte ich mich danach, mich bis zum Anschlag in sie zu versenken und ihre süße, perfekte Muschi bis zur Vergessenheit zu vögeln, während sie sich unter mir wand und meinen Namen schrie.

Und bald würde sie genau das tun, immer und immer wieder.

Mein Schwanz pochte vor Vorfreude, als ich den Treppenabsatz erreichte und schnurstracks zum Schlafzimmer ging. Ich trat die Tür mit etwas mehr Kraft als nötig auf, aber mein Blut kochte vor Ungeduld. Man könnte meinen, ich wäre ein Teenager, der zum ersten Mal Sex haben würde, statt ein älterer Dämon mit über tausend Jahren Erfahrung.

Ich stellte sie wieder auf ihre Füße neben dem Bett, meine Lippen verschlangen immer noch ihre. Meine Hände wanderten fieberhaft über ihren Körper, während sie meine Zärtlichkeiten erwiderte. Ich öffnete den Reißverschluss ihres Kleides und ließ meine Hand unter den Stoff gleiten, um die weiche Haut ihres Rückens zu streicheln. Sie zitterte an mir, die Wärme meiner Hand verursachte Gänsehaut auf ihrem ganzen Körper. Ich liebte es, wie sie auf meine Berührungen reagierte, und besonders, wie empfindlich sie auf meine Spielereien mit Temperaturunterschieden reagierte.

Meine schöne Herrin hatte keine Ahnung, was ich heute für sie auf Lager hatte.

Ich fuhr mit meinen Krallen sanft an ihrem Rücken entlang,

bevor ich sie unter den Trägern ihres Maxikleides einhakte. Ich ließ sie über ihre Schultern gleiten, und der Stoff fiel mit einem leisen Rascheln zu Boden und enthüllte meinen gierigen Händen die Perfektion ihres nackten Körpers.

Als hätte sie meine Absichten gelesen, unterbrach Coral den Kuss als Erste. Doch bevor ich ihren Kopf zurückneigen konnte, um ihren Hals zu küssen, kam mir meine Frau zuvor und tat es bei mir. Ich wollte vor Protest knurren. Ich mochte es, im Schlafzimmer das Sagen zu haben. Ihre Gefühle schrien jedoch lautstark nach ihrem Wunsch, jetzt die Führung zu übernehmen. Der egoistische Teil von mir wollte das ignorieren, aber mein Bedürfnis, ihr zu gefallen, hatte Vorrang, und ich fügte mich widerwillig.

Wie seltsam, dass es mir so schwerfiel, jemanden freiwillig für mich sorgen zu lassen, anstatt darum bitten oder sogar betteln zu müssen.

Coral küsste und leckte meinen Hals, ihre stumpfen Fingernägel kratzten meinen Rücken genau so, wie ich es mochte. Es war nicht hart genug, um die Haut zu verletzen, aber mit genug Stärke, um ein angenehmes Brennen zu verursachen. Sie stellte sich auf die Zehenspitzen, um an meinen spitzen Ohren zu knabbern. Nach so vielen Jahrhunderten des Daseins war es für mich ein Schock gewesen, zu entdecken, dass ich es liebte, wenn meine Ohren ein wenig grob behandelt wurden, besonders wenn an den Spitzen geknabbert wurde.

Bei unseren ersten gemeinsamen Malen war sie so zögerlich und unsicher gewesen, ob sie mich befriedigen konnte. Dummes Weib. Sie verstand nicht, wie süchtig ich nach allem war, was sie ausmachte. Aber zu sehen, wie sie immer selbstbewusster, mutiger und bestimmter wurde, war das größte Turn-on. Coral legte ihre Hemmungen ab, warf die Zweifel über Bord, die sie zurückhielten, und fand endlich zu sich selbst. Ich liebte es zu sehen, wie sie die beeindruckende Frau wurde, die immer unter der Oberfläche lauerte und nur darauf wartete, in ihrer ganzen Pracht zum Vorschein zu kommen.

Sie biss mir fest ins Ohrläppchen, gerade so, dass es nicht wehtat. Das lustvolle Stöhnen, das sie mir entlockte, brachte sie zum Kichern, und ihre Selbstgefälligkeit ließ meinen Schwanz noch härter werden. Coral fuhr mit ihren Lippen meinen Hals hinunter, saugte an der pochenden Ader dort, bevor sie ihre Reise nach Süden fortsetzte. Sie verweilte an meinen Brustwarzen, zwickte sie heftig, bevor sie den Schmerz mit ihrer Zunge linderte. Sie wirbelte lasziv um den Warzenhof herum, was die Lava in meinem Inneren zum Brodeln brachte.

Während sie sich früher noch zögerlich langsam zu meinem Unterleib vorgearbeitet hätte, hatte meine Frau nun keine Bedenken mehr. Andererseits hatte sie herausgefunden, dass sie, wenn sie die Kontrolle übernehmen wollte, schnell zur Sache kommen musste, bevor mein brennendes Verlangen, die Kontrolle zu übernehmen, mich schließlich überwältigte. Selbst jetzt wusste ich, dass ich nicht mehr lange durchhalten würde. Mir lief bei dem Gedanken, sie zu verschlingen, das Wasser im Mund zusammen. Es war ein Hunger, den selbst zehn Leben nicht stillen könnten.

Meine Bauchmuskeln zuckten, als sie sich vor mir hinkniete und ihre Zunge eine glühende Spur über meine Bauchdecke, vorbei an meinem Bauchnabel und dann direkt zu meinem Schritt zog. Ich schnappte nach Luft, als Coral ihre Hand um die Basis meines Schwanzes legte. Sie streichelte ihn ein paar Mal und leckte sich dann mit einem hungrigen Blick die Lippen, der mich fast sofort zum Höhepunkt brachte.

Ihrer Meinung nach schmeckte ich wie ein Pfirsichkuchen. Und den Emotionen nach zu urteilen, die sie jedes Mal ausstrahlte, wenn sie ihren Mund um mich legte, genoss sie es wirklich. Schlimmer noch, die unglückselige Frau tauchte ein paar Mal in der Werkstatt mit einer Portion Pfirsichkuchen auf und aß ihn demonstrativ auf die suggestivste Art und Weise, wobei sie sich viel Zeit ließ, ihren Löffel auf eine Weise abzulecken, die wenig Raum für Fantasie ließ. Natürlich tat sie das immer dann, wenn ich gerade mit einer Aufgabe beschäftigt war, die ich nicht unterbrechen konnte, ohne das Werkstück zu ruinieren, an dem ich arbeitete.

Unnötig zu sagen, dass ich sie später dafür zur Rechenschaft gezogen habe.

Ein wildes Knurren vibrierte durch meine Brust, als sie mich in den Mund nahm und sofort ein schnelles Tempo anschlug, während sie sich vor mir auf und ab bewegte. Coral drehte ihr Handgelenk bei jeder Bewegung genau richtig und drückte dabei die Basis fest zusammen. Aber es war die Art, wie sie an meiner Eichel saugte, sie mit ihrer Zunge neckte und mit ihren Zähnen über die Rillen meiner Länge strich, die mich vor Lust in den Wahnsinn trieb.

Ich versenkte die Finger beider Hände tief in ihren dichten Locken und biss die Zähne zusammen, um mich davon abzuhalten, mich in ihrem Mund hin und her zu bewegen. Die Lust war zu intensiv. Wenn ich nachgab, riskierte ich, ihr wehzutun. Und dann begann sie, ihre Fingernägel mit der rechten Hand zwischen die Rillen meiner Eichel zu graben, während sie mit der linken meine Hoden drückte. In dem Moment, als sie merkte, wie viel Lust mir diese beiden Handlungen bereiteten, achtete sie darauf, keine Gelegenheit mehr zu verpassen, dies zu tun.

Es hat mich umgehauen, wie aufmerksam Coral immer auf meine Reaktionen eingegangen war und nach neuen Wegen gesucht hat, mich zu befriedigen, anstatt einfach nur das zu nehmen, was ich ihr zu bieten hatte. Dieses dumme Schuldgefühl versuchte wieder, sich zu melden, aber ich unterdrückte es. Es war ein seltsames Dilemma, dass ich *sie* nur glücklich machen sollte, indem *ich mich* von ihr glücklich machen ließ.

Aber all diese wohlwollenden Gedanken waren wie weggeblasen, als sie mich tief in ihren Mund nahm und zu summen begann. Die Vibrationen würden mich in kürzester Zeit zum

Höhepunkt bringen, was absolut inakzeptabel war. Meine Frau würde meinen Namen viele Male schreien, bevor ich meine eigene Befriedigung finden würde.

Ohne nachzudenken, beschwor ich mein Feuer herauf und schleuderte einen feurigen Tentakel hervor, den ich um ihren Hals schlang. Er drückte so fest zu, dass sie nach Luft schnappte, innehielt und mich mit einer Mischung aus Schock und Empörung anblickte. Natürlich kontrollierte ich die Hitze der Flamme so, dass sie nicht wirklich brannte und lediglich wie ein Seil wirkte. Aber ich hatte vor, noch ein wenig damit zu spielen.

Ich sah ihr fest in die Augen, riss an der feurigen Leine und zwang sie, wieder auf die Beine zu kommen. Das helle Licht, das ihr Gesicht beleuchtete, zeigte, dass meine Augen glühten, während ich mich von ihren Emotionen nährte. Bevor sie auch nur die geringste Beschwerde äußern konnte, presste ich meinen Mund auf ihren, meine Zunge drang wie eine wildgewordene Armee in ihren Mund ein. Sie schmolz an mir dahin, obwohl ihre Hand direkt nach meinem Schwanz griff.

Ich ließ sie mich noch ein paar Mal streicheln, bevor ich den Kuss unterbrach und ihr die Aufmerksamkeit schenkte, die sie mir zuvor geschenkt hatte. Ich leckte und liebkoste ihre Brustwarzen, kniff und knabberte daran, genau so, wie sie es mochte. Doch so sehr meine Frau es auch genoss, wenn ihre Brüste gestreichelt wurden, sehnte sie sich doch vor allem danach, dass man sich um ihre Klitoris kümmerte. Und ich hatte fest vor, ihr diesen Wunsch zu erfüllen.

Ich küsste mich ihren Bauch hinunter, neckte ihren hervorstehenden Bauchnabel und kniete mich dann vor sie hin, um meinen Preis zu bestaunen.

„Ich war noch nicht fertig damit, dir Lust zu bereiten", murmelte Coral mit halbherziger Missbilligung, als ich mich vorbeugte, um ihre geschwollene kleine Knospe zu lecken.

Ich sah sie mit einem unverschämten Blick an, während

meine Finger ihre Naht neckten, die bereits vor Erregung glänzte.

„Du kannst später weitermachen. Es ist deine Schuld, dass du so verdammt gut schmeckst. Und ich bin hungrig. Ich muss mich satt essen", sagte ich schamlos.

Ich hob ihr linkes Bein über meine Schulter und vergrub mein Gesicht zwischen ihren Schenkeln. Corals Hände legten sich sofort um meine Hörner. Ich liebte es verdammt noch mal, wenn sie das tat. Ich leckte und saugte an ihrer Klitoris, ihre entzückenden Stöhnlaute erfüllten meine Ohren, und ihre Lust überflutete mich in einem stetigen Strom, den ich gierig in mich aufsog.

Wie konnte jemand so verdammt gut schmecken? Wie konnten bloße Emotionen mich noch mehr erfüllen als jemandem die Lebenskraft zu entziehen? Und doch schien ihr Geschmack mit jedem intimen Moment mit meiner Frau noch göttlicher zu werden.

Ich verschlang sie mit unerbittlichem Hunger, meine Finger tauchten in sie ein und wieder aus ihr heraus, bis sie sich dem Höhepunkt näherte. Ich hob abrupt ihr rechtes Bein, um es auf meine andere Schulter zu legen. Coral keuchte zwischen zwei Stöhnen und umklammerte meine Hörner panisch. Sie schrie auf, als ich mich erhob und meine Zunge meine Finger in ihr ersetzte, während ich sie beinahe bestrafend in sie stieß.

Sie begann sich zu winden, ihre Beine zitterten zu beiden Seiten meines Gesichts, als ihr Höhepunkt näher rückte. Ich streckte erneut eine feurige Ranke aus und benutzte sie diesmal, um ihren köstlichen Hintern zu peitschen. Es war hart genug, dass sie einen angenehmen Stich spürte, aber nichts, was ihre makellose Haut verunstalten oder ihr tatsächlich Schmerzen zufügen würde.

Coral liebte viele Aspekte von BDSM, aber Schmerz und Demütigung waren definitiv nicht ihr Ding. Sie mochte es lieber etwas sanfter. Das Vertrauen, mit dem sie sich meiner Obhut hingab, hatte eine wundersame Wirkung auf mich. Es verstärkte mein Beschützergefühl ihr gegenüber. Ich wollte, dass meine Herrin jede einzelne ihrer Fantasien ausleben konnte, während sie sich sicher und respektiert fühlte.

Den Emotionen, die von ihr ausgingen, und den sinnlichen Lauten, die ihrer Kehle entkamen, nach zu urteilen, war meine Frau mit meinen Zärtlichkeiten mehr als einverstanden. Und viel zu schnell schrie sie auf, überwältigt von Glückseligkeit. Ich verwöhnte sie noch eine Weile länger, bis sie langsam wieder in die Realität zurückkehrte. Dann zog ich meine Zunge aus ihr heraus und warf sie abrupt auf das Bett.

Ihr erschrockener Schrei, als sie durch die Luft flog, bevor sie auf dem weichen Kissen der Matratze landete, hallte direkt in meinem Schwanz wider. Er weckte den Jäger, der tief in mir schlummerte. Meine Frau sehnte sich nach ein bisschen Gefahr, was meine eigenen räuberischen Neigungen nährte. Ich peitschte zwei feurige Tentakel auf sie zu, packte sie an den Knöcheln und riss sie zum Rand des Bettes. Sie schrie erneut mit einer Mischung aus Angst und Erregung.

Ich nahm bewusst meine dämonischere Gestalt an, die furchterregende, die ich im Kampf einsetzte. Tödliche Stacheln ragten aus Teilen meines Körpers hervor, mein Mund weitete sich, meine Zähne verlängerten sich zu bösartigen Dolchen, während sich jedes meiner Hörner in zwei ebenfalls mit Stacheln bedeckte Speere teilte. Meine Augen leuchteten mit einem furchterregenden roten Schleier, der jeden vernünftigen Sterblichen in die Flucht schlagen würde.

Ein Schauer durchlief meine Frau. Der Anblick ihrer Essenz, die aus ihrem Geschlecht tropfte und meinen hungrigen Augen ausgesetzt war, versetzte mein Blut in Raserei. So furchterregend sie meine Kampfgestalt auch fand, es erregte sie so sehr, dass sie bei dem Gedanken daran, was ich mit ihr machen würde, sichtlich feuchter wurde.

Sie war verdammt perfekt.

„Berühre dich selbst", befahl ich mit doppelter, überirdisch klingender Stimme.

Ein weiterer heftiger Schauer durchlief sie, als sie meiner Aufforderung nachkam. Obwohl ich mich gerade eine ganze Weile an ihr gütlich getan hatte, lief mir das Wasser im Mund zusammen und mein Schwanz pochte, als ich sah, wie ihre zierlichen Finger zwischen ihre Schenkel glitten. Als ich sah, wie ihre lackierten Fingernägel über ihre Klitoris rieben, war ich kurz davor, mich auf sie zu stürzen und meiner Leidenschaft freien Lauf zu lassen.

Ich knurrte erneut und legte meine Hand um meinen Schwanz, streichelte mich fast brutal, während sie sich für mich selbst befriedigte. Sie leckte sich langsam und provokativ über die Lippen, während sie mit ihrer freien Hand ihre Brust liebkoste.

Meine feurigen Tentakel umschlangen ihre Knöchel, und ich beschwor einen dritten herbei, der in einer sengenden Liebkosung an ihren Beinen entlangglitt, bevor er ihre Öffnung erforschte. Corals Atem stockte, als ich begann, ihn in sie einzuführen.

„Hör nicht auf", warnte ich bedrohlich, als die Bewegung ihrer Finger, die ihre Klitoris rieben, stockte.

Ihr Körper zuckte vor Überraschung. Mit weit aufgerissenen Augen gehorchte sie und beschleunigte die Bewegung ihrer Finger im Einklang mit meinem Tentakel, der in sie hinein- und herausglitt. Die Wellen der Lust, die aus ihr herausschossen, trafen mich in einem stetigen Strom, als sie mehr wollte und sich der Höhepunkt näherte. Der schattenhafte Tentakel in ihr schwoll an und ebbte ab, maximierte das Gefühl, das er mit jedem Stoß hervorrief, und rieb genau so an ihrem G-Punkt, wie es nötig war.

Mit geschlossenen Augen und schwerem Atem bereitete sich meine Frau darauf vor, den Gipfel zu erreichen. Sie war so verdammt schön, ihre Lippen waren geöffnet, ihre Haut errötete vor Lust und ihr wunderschönes Gesicht verschmolz mit einer Aura purer Glückseligkeit. Und dann traf es sie.

Coral warf ihren Kopf mit einem schrillen Schrei zurück, als ein zweiter Orgasmus sie überkam. Ihre Hand umklammerte fast brutal ihr Geschlecht, während die andere sich in die Decke krallte. Ihr Körper verkrampfte sich für ein paar Sekunden, bevor er sich wieder entspannte. Ihr Kopf rollte jedoch von einer Seite zur anderen auf der Matratze, während sie die Wellen der Ekstase ritt und mein Tentakel sie liebte und ihre Verzückung noch ein wenig verlängerte.

Als sie langsam wieder auf mich aufmerksam wurde, zog ich das Tentakel aus ihr heraus und begann, es um sie herum zu wickeln.

„Was … was machst du da?", stammelte Coral, als ich sie festband.

„Ich fessele dich, meine Süße, bevor ich mich an dir vergnüge."

Angst und Erregung stiegen in ihr gleichermaßen auf, als die feurigen Seile über ihren ganzen Körper krochen und ein kompliziertes Netz um ihren Körper bildeten, wie ein Seilgeschirr. Aber sie fesselten ihre Handgelenke nicht hinter ihrem Rücken. Stattdessen zogen zwei von ihnen an ihren Armen, zwangen sie zuerst in eine sitzende Position und dann, sich nach vorne zu beugen.

Coral schnappte nach Luft, als die Tentakel ihr rechtes Handgelenk und ihren rechten Knöchel sowie ihren rechten Ellbogen und ihr rechtes Knie zusammenbanden. Als dasselbe mit ihrem linken Bein und Arm geschah, befand sich meine Herrin in einer Krabbenfessel.

Zwei feurige Säulen schossen aus dem Boden empor – mit einem beeindruckenden Lichtblitz, um die Wirkung zu verstärken –, was meine Frau erneut vor Angst aufschreien ließ. Ein brennendes Seil peitschte aus der Spitze jeder Säule hervor, wickelte sich um ihre gefesselten Hände und Knöchel und zog sie dann nach oben. Die Emotionen, die meine Frau durchströmten, als sie sich in horizontaler Position mit dem Gesicht nach oben wiederfand, machten mich so verdammt hart, dass ich fast gekommen wäre.

„Weißt du, wie schön du bist? Gefesselt, entblößt, hilflos, und bereit all das zu ertragen, was ich dir gleich antun werde?", sagte ich mit dieser bedrohlichen, überirdischen Stimme.

Sie begann, in kurzen, flachen Stößen zu atmen. Mit klopfendem Herzen, erweiterten Pupillen und geöffneten Lippen beobachtete Coral mich mit ängstlicher Vorfreude, wie ich mich ihr näherte. Mehr von ihrer Essenz glänzte auf ihrer Spalte, als ich mit beiden Händen nach ihren Schenkeln griff. Ihr Atem stockte, als meine langen, monströsen Krallen sich leicht in ihr zartes Fleisch gruben, ohne jedoch die Haut zu verletzen.

„Ich werde dich zerstören", zischte ich halb flüsternd und beschwor ein Inferno herauf, das den Raum erfüllte.

Noch immer in meiner Kampfgestalt drückte ich meinen Schwanz in ihre Öffnung. In einer perfekten Welt hätte ich mich mit ungezügelter Wildheit in sie hineingestoßen, aber das hätte ihr wehgetan. Dennoch drang ich nicht so vorsichtig und sanft in sie ein, wie ich es normalerweise tat. Indem ich ihre Emotionen genau beobachtete, konnte ich einschätzen, wie viel Unbehagen zu ihrer Fantasie passte, von einem Dämon genommen zu werden.

In kürzester Zeit war ich vollständig in sie eingedrungen. Die Art und Weise, wie ihre inneren Wände mich in sich aufsaugten und sich dann gierig um meinen Schwanz zusammenzogen, ließ ein tierisches Knurren in meiner Kehle aufsteigen, begleitet von dem Bedürfnis, mich zu entladen. Ich legte sofort ein strafendes Tempo vor und nahm sie schnell und immer härter, bis ich mit rücksichtsloser Hingabe in sie hineinstieß. Jeder Stoß, jede Liebkosung ihrer engen Scheide um meine Länge ließ flüssige Flammen durch meine Adern strömen.

Während ich das visuelle Inferno um uns herum tatsächlich

auf Raumtemperatur hielt, brachte mich das in mir tobende Feuer fast zum Explodieren. Coral schrie vor Lust und stieß unverständliche Laute aus, während ich sie nahm. Zu sehen, wie mein Schwanz in sie hinein- und wieder herausglitt, während sie hilflos an meinen Feuersäulen gefesselt war, war das Erotischste, das ich je erlebt hatte.

Meine Frau würde nicht mehr lange durchhalten. Ich übrigens auch nicht. Ich erhöhte allmählich die Hitze meiner feurigen Ranken, die sich in einem komplizierten Netz um ihren Körper rankten. Ich kratzte mit meinen Krallen über ihre Haut, damit auch sie ihr eine schöne Verbrennung zufügten, während mein Schwanz in ihr loderte. Meine Coral würde keinen Schaden dabei nehmen, aber sie erlebte wirklich die sichere Simulation, von einem feurigen Dämon in den tiefsten Tiefen der Hölle geschändet zu werden.

Ihr Höhepunkt traf sie mit erschütternder Gewalt. Meine Knie gaben fast unter der mächtigen Welle der Lust nach, die mich überrollte und fast zu viel war, um sie zu ertragen. Die inneren Wände meiner Frau, die sich um meinen Schwanz zusammenzogen, brachten mich um den Verstand.

Ich brüllte und warf meinen Kopf zurück, als mich ein verheerender Orgasmus überkam. Instinktiv versenkte ich mich mit einem brutalen Stoß tief in Coral. Flüssige Glückseligkeit schoss aus mir heraus wie ein ausbrechender Vulkan, während ich meine Herrin bis zum Rand füllte. Jeder Spritzer fühlte sich an, als würden buchstäblich Teile meiner Seele aus mir herausgerissen und der Frau geopfert, die mich besaß wie niemand zuvor und niemand jemals wieder besitzen würde.

Ich fühlte mich schwach und löschte das Inferno, das um uns herum wütete. In meinem halb benommenen Zustand hätte ich die Kontrolle über die Temperatur verlieren und tatsächlich den ganzen Ort niederbrennen können. Auch meine feurigen Seile verblassten und befreiten meine Coral aus ihrer Fesselung. Ich nahm sie vorsichtig in meine Arme, als sich ihre Fesseln lösten, und legte sie auf die Matratze.

Sie kuschelte sich an mich, ihr Körper zitterte noch immer vor den Nachwehen der Leidenschaft, ebenso wie meiner. Ich verstärkte meine Umarmung, als eine fast rasende Besitzgier in mir aufstieg. Seit Jahrhunderten wanderte ich durch die Tiefen der Unterwelt, nur um gelegentlich die Ebene der Sterblichen zu betreten, für die kurze Lebensspanne der menschlichen Herren, die ich nicht verachtete, für die ich aber auch keine besondere Zuneigung empfand.

Aber Coral war meine Einzige. Meine Suche war endlich zu Ende. Ich war zu Hause.

„Ich werde dich niemals gehen lassen", flüsterte ich.

Meine Herrin antwortete nicht. Aber das musste sie auch nicht. Sie kuschelte sich tiefer an mich und ein Regenbogen der Freude strahlte aus ihr heraus, als Antwort auf meine Worte auf die kraftvollste Art und Weise, die möglich war.

Ich lächelte.

KAPITEL 8
VAZUL

Am Morgen vor der Messe nahm ich wieder meine menschliche Gestalt an, um Coral zum Hauptquartier des Hexenrats zu begleiten. Heute würde sie meine offiziellen Papiere erhalten, sodass ich endlich derjenige sein konnte, der sie herumfuhr und mit meinem eigenen Bankkonto und meiner eigenen Karte Besorgungen erledigte. Wir würden auch zusammen überall hinreisen können, ohne dass ich separat in meiner Feuergeistgestalt fliegen musste, da ich sonst keinen gültigen Ausweis vorweisen konnte.

Es störte mich immer noch, dass Coral darauf bestand, dass ich ein festangestellter Mitarbeiter mit einem regulären Gehalt sein sollte, anstatt ihr Diener. Zuerst schlug sie sogar vor, dass ich ihr Partner sein sollte, aber das lehnte ich ab. Obwohl sie nachgab, strahlten ihre Emotionen lautstark aus, dass sie das Thema später wieder aufgreifen würde, sobald wir uns besser eingewöhnt hätten. Ich war gespannt, wer zuerst nachgeben würde.

Allerdings hätte sie mir einfach befehlen können, mich zu fügen. Aber wieder einmal entschied sie sich, meine Wünsche zu respektieren und mir nicht ihren Willen aufzuzwingen. Es war seltsam, wie ein Mensch und nicht wie Eigentum behandelt zu werden. Und ich fand es verdammt gut.

Als ich meine Herrin ansah, stieg eine Welle von Besitzgier in mir auf. Ich hätte nie gedacht, dass zärtliche Gefühle jemals einen Platz in meinem Leben haben würden. Und doch war es so.

Sobald meine Unterlagen fertig waren, würden wir uns auf den Weg zum Veranstaltungsort machen, damit Coral die Anmeldung erledigen, unsere Ausweise abholen und unseren Aufstellungsort auskundschaften konnte. Es war albern, wie aufgeregt ich darüber war. Ich wollte, dass meine Frau glänzte. Und ich zweifelte keine Sekunde daran, dass sie das tun würde, besonders jetzt, wo sie die Zaubersprüche für die gespenstische Gasse, die Teil des Couchtisches war, fertig hatte, eindeutig ein Hingucker.

Doch kurz nachdem das Auto losgefahren war, überkam mich ein Gefühl der Unruhe. Es dauerte einen Moment, bis mir klar wurde, dass es eine Welle bösartiger und triumphierender Emotionen war, die sich in mich eingeschlichen hatte. Ich richtete mich auf meinem Sitz auf und öffnete meine Sinne, um die Menschen in meiner Nähe zu scannen.

„Irgendetwas stimmt nicht", sagte ich mit steifem Rücken.

„Was?", fragte Coral mit besorgter Stimme, während sie mich ansah, bevor sie wieder auf die Straße schauen musste, da sie gerade links abbiegen wollte. „Was ist los?"

„Ich muss zurück zum Haus", entgegnete ich mit angespannter Stimme.

„Okay, ich mache an der nächsten Kreuzung eine Kehrtwende ..."

„Nein", erwiderte ich streng und überraschte sie damit. „Fahr weiter. Setz mich einfach an der nächsten Kreuzung ab. Ich habe die Quelle der Bedrohung erkannt. Sie muss weiterhin glauben, dass das Haus leer ist."

„Sie? Ist es Angie?", fragte Coral, und ihre Stimme klang wütend.

Ich musste nichts sagen, damit sie es verstand. Mein Gesichtsausdruck war die Bestätigung, die sie brauchte. Ihre Wut schwoll an.

„Ich werde dieser Schlampe so richtig in den Arsch treten!", schnauzte Coral.

Ich lachte leise. „Du bist sexy, wenn du wütend bist. Später wirst du Zeit haben, sie zu bestrafen. Keine Angst, meine Coral. Alles wird gut. Nähere dich dem Haus nicht, bevor ich dir das Zeichen gebe."

Obwohl sie damit eindeutig unzufrieden war, gehorchte meine Frau. Ich zeigte ihr die Stelle, an der sie mich absetzen sollte, direkt neben einer schmalen Sackgasse zwischen zwei großen Gebäuden. Sobald sie mich abgesetzt hatte, eilte ich in den dunkelsten Schatten, bevor ich mich in meine transparente Form verwandelte. Es ärgerte mich, dass ich meine Kleidung zurücklassen musste, da ich mich ziemlich modisch gekleidet hatte, um meine Herrin stolz zu machen. Hoffentlich würden sie noch da sein, wenn ich mit der elenden Frau fertig war, damit ich sie wieder anziehen konnte.

Da es hellichter Tag war, würde es zu viel Aufmerksamkeit erregen, wenn ich in meiner feurigen Gestalt durch den Himmel fliegen würde. Die moderne Welt war mit all den verfügbaren Überwachungstechnologien ziemlich lästig geworden. Heutzutage war es fast unmöglich, irgendwohin zu gehen, ohne von einer Kamera verfolgt zu werden. Stattdessen verwandelte ich mich in eine blaue Flamme, da diese leichter mit einer Drohne oder einem metallischen Flugobjekt verwechselt werden konnte.

Ich stieg hoch in den Himmel, um mich noch schwerer erkennbar zu machen, während ich zurück zum Haus raste. Als ich meinen Sinkflug begann, entdeckte ich Angeliques Fahrzeug. Sie hielt in kurzer Entfernung vor unserem Zuhause. Ich rannte zum Haus und flog den Schornstein hinunter, während sie zu sehr damit beschäftigt war, ihr Fahrzeug zu parken, um mich hereinkommen zu sehen.

Da ich vermutete, dass sie hierhergekommen war, um Corals Sammlung zu zerstören, stellte ich sofort die Kamera auf, die meine Herrin normalerweise für ihre Social-Media-Videos benutzte. Hoffentlich würde sie nicht gebraucht werden. Aber unwiderlegbare Beweise für ihren Vandalismusversuch würden Coral alle notwendigen Mittel an die Hand geben, um diese elende Frau zu vernichten.

Persönlich wollte ich sie mit weitaus teuflischeren Methoden beseitigen, aber ich bezweifelte, dass meine Frau das gutheißen würde. Außerdem würde es Coral in eine schwierige Lage bringen, wenn Angelique vor ihrem Verschwinden beim Betreten des Hauses gesehen worden wäre. Ich wollte nicht der Grund für ihren Untergang sein.

Ich positionierte die Kamera so, dass sie so viel wie möglich vom Raum abdeckte, und stellte einen Miniaturbusch daneben, um das Licht zu verdecken, das anzeigte, dass sie aktiv war. Bei all den anderen Gegenständen auf dem Regal wäre es für Angelique fast unmöglich, sie zu bemerken, es sei denn, sie wusste genau, wonach sie suchen musste.

Als aus Sekunden Minuten wurden, näherte ich mich vorsichtig dem Eingang, um nach draußen zu spähen. Angie saß immer noch in ihrem Auto und wartete ab, bevor sie ihren Zug machte, wahrscheinlich um sicherzugehen, dass wir nicht zurückkommen würden, um etwas zu holen, das wir vielleicht vergessen hatten.

Zu meiner Bestürzung stieg sie schließlich aus dem Auto. Nur war es nicht Angelique, sondern Coral, die ausstieg. Eine brennende Wut erfasste mich, dass diese widerwärtige Frau es wagte, das Aussehen meiner Frau anzunehmen. Es war ein sehr guter Zauber. Jeder, der an ihr vorbeiging, würde sich täuschen lassen. Sie ahmte sogar perfekt die elegante Art nach, mit der Corals Hüften beim Gehen schwangen.

Ich eilte zurück zur Werkstatt und ließ mich wie ein langsam brennendes Feuer in der Feuerstelle nieder.

Mir kam der Gedanke, dass sie vielleicht hierhergekommen war, um einen Fluch zu sprechen oder etwas Belastendes zu platzieren, um Coral zu schaden. Aber ich verwarf diesen Gedanken sofort wieder. Angie würde wissen, dass ich jeden Fluch erkennen würde, sobald ich den Raum betreten würde, in dem er gesprochen worden war.

Augenblicke später hörte ich, wie sich die Haustür öffnete. Ich mobilisierte meine ganze Willenskraft, um ruhig zu bleiben. Wenn ich wütend würde, würden meine Flammen aufflammen und möglicherweise meine Anwesenheit verraten. Sie würde sich zwar wahrscheinlich über das Feuer im Kamin wundern, aber sie hatte mich mit Coral aus dem Haus kommen sehen und hatte daher keinen Grund zu vermuten, dass ich zurückgekehrt war. Aber selbst, wenn sie es herausfände, würde allein ihre illegale Anwesenheit hier schon ausreichen, um sie in Schwierigkeiten zu bringen.

Die Art und Weise, wie ihre Schritte direkt zur Werkstatt führten, deutete darauf hin, dass sie schon einmal hier gewesen war. Es ärgerte mich zusätzlich, dass sie die Gastfreundschaft meiner Frau missbrauchte, um ihr Schaden zuzufügen. Mein Herz machte einen Sprung, als sich die Tür öffnete. Der verblüffte Ausdruck auf Angies Gesicht wäre köstlich gewesen, wenn ich nicht so sehr darauf konzentriert gewesen wäre, mich zu beherrschen.

Eine Reihe äußerst undamenhafter Schimpfwörter sprudelte aus ihrem Mund, als sie jedes Element der Sammlung in sich aufnahm. Aber es war das Highlight auf dem Couchtisch, das sie wirklich aus der Fassung brachte. Ungläubig starrte sie auf die gespenstischen Animationen, die an verschiedenen Stellen entlang der viktorianischen Miniaturstraße zu sehen waren. Die flackernden Laternen und zufällig beleuchteten Fenster waren ebenfalls in vollem Einsatz.

„Das alles sollte mir gehören, du Diebin", sagte Angelique wütend durch zusammengebissene Zähne. „Du wirst es bereuen, dich mit mir angelegt zu haben. Niemand nimmt mir etwas weg und kommt damit durch."

Eine Welle des Hasses schoss aus Angelique heraus, gefolgt von einem starken Drang zu zerstören. Sie traf mich mit einer fast lähmenden Kraft. Ich wäre fast vorgestürmt, um einzugreifen, aber ich hielt mich erneut zurück. Trotz all ihrer Fehler war Angie viel zu gerissen, um in einem Anfall von Wut einfach Dinge zu zerschlagen. Das würde unbestreitbare Beweise für Vandalismus hinterlassen.

So sehr sie auch meine Frau zerstören wollte, sie wollte nicht, dass man es auf sie zurückführen konnte. Es musste wie ein Unfall aussehen. Sie blickte sich im Raum um und suchte nach etwas, mit dem sie irreparablen Schaden anrichten konnte, der dann als Pech oder als unglückliches Ergebnis von Nachlässigkeit oder Unaufmerksamkeit ausgelegt werden würde.

Plötzlich fiel ihr Blick auf den Kamin. Es war unheimlich, wie sie mich direkt anstarrte, ohne zu bemerken, dass es nicht ein paar tanzende Flammen waren, die den Kamin füllten, sondern genau um den Dämon, den sie begehrte.

„Dummes, dummes Mädchen", flüsterte Angelique mit einem teuflischen Grinsen. „Du solltest es besser wissen, als ein Feuer brennen zu lassen, wenn niemand im Haus ist. Wie schade, wenn ein verheerender Unfall passieren würde."

Die boshafte Art, wie sie kicherte, machte sogar mir Unbehagen. Sie sah sich verschiedene Gegenstände im Raum an und überlegte, welcher sich am besten für ihr Vorhaben eignen würde. Schließlich entschied sie sich für eine große Rolle Geschenkpapier. Sie brachte sie zum Kamin und suchte nach dem richtigen Winkel, um die Rolle daran anzulehnen.

Zuerst war ich verwirrt, doch dann dämmerte es mir. Die zusätzlichen Umzugskartons, die sie hinzufügte und so positionierte, dass sie fast einen durchgehenden Weg zwischen dem

Kamin und dem Couchtisch bildeten, machten alles klar. Ihre Platzierung würde bei einer forensischen Untersuchung nicht einmal als absichtlich angesehen werden. Man könnte es leicht als schlechtes Urteilsvermögen oder mangelndes Bewusstsein zugunsten der Bequemlichkeit abtun.

Die berechnende und bösartige Art und Weise, wie sie das Ganze geplant hatte, wäre beeindruckend gewesen, wenn das Ziel nicht jemand gewesen wäre, der mir so sehr am Herzen lag. Das Schlimmste daran war, dass dieser Hass nicht einmal Sinn ergab. Coral und Angie hatten keine lange Geschichte der Rivalität. Technisch gesehen war sie keine Bedrohung für sie. Aber Menschen wie Angelique konnten den Gedanken nicht ertragen, dass jemand anderes in ihrem Umfeld existierte oder Erfolg hatte. Sie mussten andere vernichten und dominieren, um ihr zerbrechliches Ego und ihre tiefsitzenden Unsicherheiten zu beruhigen.

Nachdem sie ihre schmutzige Arbeit erledigt hatte, stieß sie die große Rolle Geschenkpapier um, sodass Teile davon das Feuer im Kamin berührten. Zu ihrem Pech war dieses Feuer ich. Ich kämpfte gegen den Drang an, laut loszulachen. Selbst in dieser Form konnte ich mit Menschen kommunizieren. Es war nicht wie Telepathie. Sie konnten mich tatsächlich mit ihren Ohren hören. Für den Bruchteil einer Sekunde überlegte ich, sie damit zu verwirren. Aber ich wollte noch ein bisschen mehr Filmmaterial aufnehmen, bevor ich mich zu erkennen gab.

Ich spielte mit und glitt über das Geschenkpapier, wobei ich mich schnell um die Kartons und andere brennbare Gegenstände in der Nähe ausbreitete. Da ich die von mir abgegebene Wärme kontrollieren konnte – wie während meiner intimen Spiele mit meiner Frau –, verbrannte ich die meisten Gegenstände, die ich berührte, nicht. Ohne Rauch oder sich verdunkelndes Papier würde Angie jedoch merken, dass etwas nicht stimmte. Also versengte ich ein paar entbehrliche Dinge wie die obersten Schichten des Geschenkpapiers und einen der Kartons.

Sie schnappte nach Luft, als sie sah, wie schnell sich das Feuer ausbreitete. Das war natürlich eine Taktik meinerseits, damit sie nicht sah, dass ich nichts Wertvolles zerstörte. Ich projizierte die Hitze auf sie, während ich darunter eine kühle Blase aufrechterhielt, um die Sammlung zu schützen.

Sie kicherte fröhlich. „Ich habe dir gesagt, du sollst dich nicht mit mir anlegen, du erbärmliche kleine Schlampe. Du hättest mein Angebot annehmen sollen, solange du noch konntest. Ich werde deine Tränen aus einem Champagnerglas trinken, während ich den Schwanz *meines* Liderc reite."

Diesmal konnte ich meine Wut nicht zurückhalten, die sich in einer riesigen Feuerflamme entlud. Sie schnappte erneut nach Luft und erkannte, dass es nicht klug wäre, länger zu bleiben. Sie drehte sich auf dem Absatz um und eilte zur Tür, um die Werkstatt zu verlassen. Da ich sie nicht so einfach entkommen lassen wollte, formte ich meine Flammen zu einer feurigen Faust, mit der ich die Tür zuschlug. Angelique schrie auf und stolperte ein paar Schritte zurück. Der Schock wich schnell der Angst, als ihr Verstand verarbeitete, was gerade passiert war.

Als ich wieder meine Dämonenform annahm, ließ ich die Flammen die widerwärtige Frau mit einem feurigen Ring umgeben. Sie wirbelte herum und wurde blass, als sich unsere Blicke trafen. Ich brauchte keinen Spiegel, um zu sehen, wie furchterregend ich in diesem Moment aussah. Wenn ich in den Kampf zog, teilte sich jedes meiner Hörner in zwei Teile und wurde von bösartigen Stacheln bedeckt. Weitere tödliche Stacheln breiteten sich über meine Arme und andere Körperteile aus. Mein Mund weitete sich und füllte sich mit unzähligen albtraumhaften Zähnen, die Metall und Knochen durchbohren konnten. Aber anders als in dem sexy Szenario mit meiner Frau bedeckten diesmal weit mehr Stacheln meinen Körper, und mein Gesicht war noch albtraumhafter.

„Was habe ich dir gesagt, du dumme Dirne?", knurrte ich in bedrohlichem Ton.

„Du ... du darfst nicht hier sein!", stammelte Angelique, schüttelte ablehnend den Kopf und machte einen Schritt zurück. „Du bist gegangen! Ich habe gesehen, wie du mit ihr gegangen bist!"

„Und ich bin zurückgekommen, als ich deinen Gestank in der Nähe gerochen habe", knurrte ich, während ich langsam auf sie zuging. „Habe ich dich nicht gewarnt, was passieren würde, wenn du meiner Herrin erneut in die Quere kommst?"

„Es tut mir leid! Es war dumm von mir. Ich war einfach verletzt. Ich habe so viele Monate und Mühen darauf verwendet, dein Ei zu bekommen, und dann noch mehr Monate damit, dich auszubrüten. Verstehst du nicht, wie sehr ich dich wollte? Als ich dich endlich hier sah und sah, dass du einer anderen gehörst, habe ich den Verstand verloren. Ich wollte dich einfach nur haben. Es tut mir leid", sagte sie flehentlich, während sie sich so weit zurückzog, wie es die Flammen hinter ihr zuließen.

„Es ist mir scheißegal, was du willst. Ich habe dir gesagt, was passieren würde, wenn du jemals wieder etwas versuchen würdest. Jetzt ist es an der Zeit, dass du erntest, was du gesät hast."

„NEIN!", schrie sie mit vor Angst zitternder Stimme. „Außer zum Fressen ist es dir verboten, Menschen zu verletzen!"

Ich winkte ab. „Ich darf meine Herrin vor denen beschützen, die ihr Schaden zufügen wollen. Du hast bewusst ihre Existenz bedroht. Du bist nicht nur mit bösen Absichten in ihr Zuhause, ihren sicheren Hafen, eingedrungen, sondern hast es auch gewagt, ihr Ansehen mit deinem Zauber zu beschmutzen. NIMM ES WEG, du widerwärtige Dirne!", schrie ich.

„Es tut mir leid!", rief Angie und versuchte hastig, den Zauber zu sprechen, um den vorherigen Zauber zu bannen. „Bitte, lass mich gehen. Ich verspreche, nie wieder Schaden anzurichten. Ich werde einen Blutschwur leisten, mich nie wieder in euer Leben einzumischen."

„Oh, das wirst du ganz sicher nicht. Dafür werde ich sorgen. Für immer."

„Nein! Hab Erbarmen!"

Wahrer Schrecken breitete sich auf ihrem Gesicht aus, als sie die feurigen Streifen unter meiner Haut aufleuchten sah und meine Hände sich rot färbten, während sich die Kraft aufbaute, bereit, entfesselt zu werden. Indem sie das Haus in Corals Gestalt betrat, verlor Angelique das Einzige, was sie vor meinem Zorn hätte schützen können. Niemand, keine Aufzeichnung würde zeigen, dass sie diesen Ort betreten hatte. Sobald sie verschwunden war, würde es keine Verbindung mehr zu meiner Herrin geben.

Die törichte Frau versuchte, einen Schutzzauber zu wirken – nicht, dass dieser mir etwas hätte anhaben können. Sie schrie auf, als sich sofort Blasen über ihren Händen und ihrem Mund bildeten, als ich ihren Zauber konterte.

Ein böses Lachen entrang sich meiner Kehle.

„Weißt du, was man mit bösen Hexen macht, kleine Angelique?", fragte ich mit einer widerlich süßen Stimme. „Man verbrennt sie auf dem Scheiterhaufen. Aber in deinem Fall sollte ich dich vielleicht einfach aussaugen und diese zusätzliche Energie nutzen, um meine Herrin weiter zu stärken. Das wäre doch poetische Gerechtigkeit, findest du nicht?"

Weinend flehte Angelique mit einer endlosen Reihe kaum verständlicher Worte, die sie mit ihren blassen Lippen und ihrer Zunge hervorbrachte.

Obwohl ihr Blut mir tatsächlich zusätzliche Kraft gegeben hätte, die ich zum Wohle meiner Coral hätte nutzen können, wollte ich nichts von Angie in mir haben, in keiner Form und in keiner Weise.

„Niemand wird dich vermissen", sagte ich, als zwei Feuerblitze über meinen offenen Handflächen zu wirbeln begannen.

Gerade als ich sie auf die elende Frau loslassen wollte, sprang die Werkstatt-Tür auf und erschreckte uns beide.

„Liderc, hör auf!"

Fassungslos starrte ich die elegante, ältere Frau an, die hinter den Flammen an der Tür stand.

Wie zum Teufel hatte ich ihre Ankunft nicht bemerkt?

„Mrs. Hopkins!", rief Angie aus, ihre Stimme voller Schock und Hoffnung.

KAPITEL 9

CORAL

Völlig traumatisiert saß ich in meinem Auto und sah, wie Vazul in die Gasse rannte, kurz bevor eine blaue Flamme in den Himmel schoss. Sie flog so schnell vorbei, dass ich sie definitiv verpasst hätte, wenn ich nicht in diese Richtung geschaut hätte. Man konnte ihn nicht einmal deutlich sehen, als er auf das Haus zuflog. Bestenfalls glich es einem verschwommenen Fleck.

Obwohl er mir sagte, ich solle weiterfahren, wollte ich nicht wegfahren. Es drohte ein großes, stinkendes Chaos. Und ich wollte dabei sein, um zu verhindern, dass die Situation eskalierte und es kein Zurück mehr gab.

Instinktiv sprang ich aus dem Auto und holte die Kleidung, die er weggeworfen hatte. Ich stieg wieder in mein Auto und fuhr zum nächsten Lebensmittelgeschäft, damit ich parken konnte, ohne zu viel Aufmerksamkeit zu erregen. Gerade als ich auf den Parkplatz fuhr, piepste mein Telefon mit einer eingehenden Benachrichtigung. Neugierig eilte ich zu einem freien Platz, stellte das Auto auf Parken und holte mein Telefon heraus.

Mein Herz setzte einen Schlag aus, als ich sah, dass es meine

Haustürkamera war, die mich darauf aufmerksam machte, dass jemand auf die Tür zuging. Ich schaltete sofort die Kameraübertragung auf meinem Handy ein. Als ich mich selbst in mein eigenes Haus gehen sah, erschrak ich unbeschreiblich. Mir war klar, dass es sich um jemanden handelte – höchstwahrscheinlich Angelique –, der einen Zauber einsetzte, um mein Aussehen nachzuahmen. Aber würde sie so dreist sein, die Drecksarbeit selbst zu erledigen? Hatte sie einen ihrer Speichellecker überredet, mit süßen Worten umgarnt oder genötigt, die Tat an ihrer Stelle zu begehen?

Meine instinktive Reaktion war, den Notruf zu wählen. Aber noch bevor ich die drei Ziffern eingegeben hatte, hielt ich inne und überlegte es mir anders. Es gäbe zu viel zu erklären: Vazul ohne Papiere im Haus, Angelique, die möglicherweise noch unter dem Zauber stand, mich nachzuahmen, und die Aufnahmen der Überwachungskamera.

Als wir in die Magie eingeführt wurden, wurde uns unmissverständlich gesagt, dass wir einen hohen Preis zahlen müssten, wenn wir jemals die geheime Welt, in der wir uns entwickelten, preisgeben würden. Ich legte auf, ohne den Anruf zu beenden, und wählte stattdessen die Notrufnummer des Hexenrats. Zu meiner großen Erleichterung meldete sich der Rezeptionist – ein Mann mit einer wirklich erstaunlichen Stimme – noch bevor der erste Klingelton verklungen war.

„Sie haben den Rat erreicht. Wie kann ich Ihnen helfen?"

„Jemand, der einen Zauber einsetzt, ist in mein Haus eingebrochen. Ich befürchte, dass es zwischen diesem Eindringling und meinem Vertrauten zu einer unschönen Situation kommen könnte", antwortete ich.

„Ist diese Nummer Ihre private Leitung?", fragte der Mann.

„Ja."

„Sehr gut, Coral. Bist du derzeit zu Hause?"

Es beunruhigte mich immer, wie viele Informationen die Gesellschaft mittlerweile über mich und alle anderen Menschen hatte, nur anhand einer einfachen Telefonnummer. Aber jetzt war nicht der richtige Zeitpunkt, um darüber nachzudenken.

„Nein. Ich bin auf dem Parkplatz eines Lebensmittelgeschäfts in der Nähe", antwortete ich, bevor ich ihm kurz die Situation schilderte.

„Geh nach Hause und beruhige deinen Vertrauten", befahl er. „Jemand wird in Kürze dort sein, um sich um die Angelegenheit zu kümmern. So etwas war zu erwarten."

Ich öffnete den Mund, um ihn zu fragen, was er damit meinte, aber er hatte bereits aufgelegt. Für den Bruchteil einer Sekunde überlegte ich, ihn zurückzurufen, entschied mich dann aber dagegen. Ich raste zurück zum Haus und fluchte über den elenden Verkehr, der scheinbar aus dem Nichts aufgetaucht war. Einen Moment lang überlegte ich, das Auto einfach am Straßenrand stehen zu lassen und den Rest des Weges nach Hause zu rennen. Das war natürlich eine dumme Idee, aber als ich hinter einer Reihe langsam fahrender Autos feststeckte, fühlte ich mich hilflos, während meine blühende Fantasie auf Hochtouren lief.

Ich wusste zu wenig über die Regeln bezüglich Beschwörern und ihren Dienern. Ein Vertrauter hatte das Recht, Schaden anzurichten, um seinen Meister zu schützen. Aber in welchem Ausmaß? Wie weit würde Vazul gehen? Was würde als übermäßige Gewalt angesehen werden? Was würde *ich* unter den gegenwärtigen Umständen für akzeptabel halten?

Die Antwort darauf kam mir mit einer Gewissheit in den Sinn, die mich erschütterte. So sehr ich mir auch wünschte, dass Angelique ihre gerechte Strafe bekam, wollte ich doch nicht, dass ihr körperlicher Schaden zugefügt wurde, schon gar nicht tödlicher Natur.

Als ich endlich in meiner Straße vorfuhr, sah ich zwei mir bekannte Frauen auf meine Türen zukommen. Wäre ich nicht in meinem Auto gesessen, wäre ich auf den Hintern gefallen, als ich Mrs. Hopkins an der Spitze sah, gefolgt von Myrtil – der Hohepriesterin von Angies Zirkel.

Wie zum Teufel waren sie so schnell hierhergekommen?
Vor allem, was zum Teufel machte Mrs. Hopkins hier? Als
ich sah, wie sie mit einer Handbewegung meine Haustür öffnete,
war ich völlig fassungslos. Wie konnte ich nicht wissen, dass
auch sie eine Hexe war? Die Leichtigkeit, mit der sie die Tür
öffnete, zeigte deutlich, dass sie extrem mächtig sein musste.
Dass sie geschickt worden war, um diese Situation zu regeln,
deutete auch darauf hin, dass sie innerhalb der Organisation
einen sehr hohen Rang innehatte.

Ich parkte in meiner Einfahrt und rannte ins Haus. Mein Herz
sank, als ich das für ein Feuer typische rot-orangefarbene
Flackern sah. Tränen stiegen mir in die Augen, als ich den
Brandgeruch wahrnahm, obwohl mein Verstand sich wunderte,
dass kein dichter, dunkler Rauch zu sehen war.

„Mrs. Hopkins!", hörte ich Angie aus meiner Werkstatt
rufen, ihre Stimme voller Angst und Erleichterung zugleich.

Ich rannte den Flur entlang und schubste Myrtil fast aus dem
Weg, um das Ausmaß des Schadens zu begutachten, der meinem
Traumkarrierebeginn und dem Fundament meines Unternehmens
zugefügt worden war. So viele Jahre harter Arbeit und Opfer
waren wegen der berechtigten Eifersucht eines bösartigen,
egozentrischen, verwöhnten Balgs in Flammen aufgegangen.

Mein Gehirn erstarrte, als ich Vazul sah, der furchterregend
aussah und in kurzer Entfernung zu Angelique stand, umgeben
von einem Feuerring, der sie gefangen hielt. Und um sie herum
stand meine gesamte Sammlung unversehrt. Die einzigen sichtbaren Schäden schienen an einem Teil meiner Rolle Geschenkpapier und einer verkohlten, leeren Schachtel zu sein.

Ich hätte vor Erleichterung fast geweint, als ich dort stand, zu
fassungslos, um zu sprechen oder anderweitig zu reagieren. Als
Vazul mich sah, löschte er sofort das Feuer, das in ihm brannte.
Die Flammen, die über seinen offenen Handflächen wirbelten,
erloschen, die leuchtenden Streifen unter seiner Haut verblassten. Sein Gesicht verlor sein böses, dämonisches Aussehen und

verwandelte sich wieder in den gutaussehenden Mann, in den ich mich verliebt hatte, seine Hörner verschmolzen wieder zu einem einzigen Paar, während die bösartigen Stacheln auf seinem Körper in seiner Haut verschwanden.

Dieses monströse Aussehen hätte mich erschrecken müssen, aber das tat es nicht. Ich war nur erleichtert, dass er den Zorn, den Angelique über sich selbst gebracht hatte, nicht entfesseln musste. Zu meiner noch größeren Erleichterung löste Vazul den Feuerring auf, der meine Erzfeindin festhielt.

Sie versuchte sofort, zum Ausgang der Werkstatt zu rennen, aber mit einer einzigen Handbewegung ließ Mrs. Hopkins Angie an Ort und Stelle erstarren. Erstarren war eigentlich nicht ganz die richtige Beschreibung. Es war eher so, als wäre sie gegen eine unsichtbare Wand gestoßen, zurückgestolpert und dann an Ort und Stelle festgehalten worden. Sie schien immer noch die Kontrolle über den Rest ihres Körpers zu haben.

Der fassungslose Gesichtsausdruck, der sich auf ihrem Gesicht abzeichnete, entsprach zweifellos meinem eigenen – obwohl mein dummes Gehirn eher an einen schockierten Pikachu denken musste. Myrtil stand still da und sah sowohl wütend als auch besiegt aus.

Was zum Teufel ist hier los?!

„Ich bin die Hohe Hexenprüferin des Rates", sagte Mrs. Hopkins mit einer Stimme, die kalt genug war, um uns direkt zurück in die Eiszeit zu versetzen. „Es wurden schwerwiegende Anschuldigungen gegen Sie erhoben, Angelique Delaney. Und Ihre Anwesenheit hier scheint deren Richtigkeit zu bestätigen."

Oberste Hexenprüferin des Rates?!

Unter anderen Umständen wäre ich vor Schreck wieder auf den Hintern gefallen. Wie hatte sie uns die ganze Zeit über täuschen können? Wie konnten Angie und Sophia nicht wissen, mit wem wir es tatsächlich zu tun hatten? Aber Angie, die wieder einmal ihre Klappe aufriss, verdrängte all diese wirren Gedanken aus meinem Kopf.

„Er hat versucht, mich zu töten, um mich zum Schweigen zu bringen!", rief Angelique aus und zeigte anklagend mit einem Finger auf Vazul, während sie einen traumatisierten und ängstlichen Gesichtsausdruck aufsetzte, der einen Oscar verdient hätte.

„Was? Um dich wovon zum Schweigen zu bringen? Du bist in mein Haus eingebrochen!", rief ich empört.

„Und dann hast du aus Eifersucht und Boshaftigkeit versucht, die Miniaturensammlung meiner Herrin in Brand zu setzen", sagte Vazul mit einer Stimme voller Wut und Verachtung.

Er streckte mir seine Hand entgegen, und ich ging, ohne zu zögern, auf ihn zu. Er zog mich besitzergreifend an seine Seite, und ich schmolz sofort dahin, fühlte mich sicher und beschützt, trotz der chaotischen Situation, in der wir uns befanden.

„Das ist eine Lüge!", schrie Angelique. „Coral *hat* mich *eingeladen* und mir eine Falle gestellt. Ich hätte wissen müssen, dass da etwas faul war. Wir hatten gestern einen Streit, nachdem ich sie wegen des Diebstahls meines Liderc zur Rede gestellt hatte. Sie wusste, dass ich so ein Verbrechen nicht einfach hinnehmen würde. Ich warnte sie, dass ich ihren Diebstahl vor dem Rat zur Sprache bringen würde. Also ging sie in die Offensive, um mich mit dieser teuflischen Falle aufzuhalten!"

Ich starrte sie an, fassungslos über solche Dreistigkeit. Am schockierendsten war die Leichtigkeit, mit der sie diese Lügen von sich gab. Sie tat es so mühelos und überzeugend, dass ich darauf hereingefallen wäre, wenn ich nicht selbst Opfer dieser Verleumdung geworden wäre.

„Das ist völlig falsch!", rief ich aus, als ich endlich meine Stimme wiederfand. „Ich habe so etwas nicht getan. Tatsächlich hat Vazul sie gewarnt, sich von uns fernzuhalten. Sie kam gestern hierher und verlangte, dass ich ihn ihr übergebe. Aber sie hat kein Recht, etwas zurückzufordern, das nie ihr gehörte. Nicht nur, dass Angelique sein Ei weggeworfen hat, er ist auch nie für sie geschlüpft."

„Du hast es gestohlen, bevor ich es tun konnte!", unterbrach Angelique mich mit selbstgerechter Stimme. „Wenn nicht ..."

„RUHE!", schrie Mrs. Hopkins.

Ihre Stimme hallte wie ein Donnerschlag. Ich fühlte mich klein werden. Sogar mein Dämon schien beeindruckt, um nicht zu sagen eingeschüchtert. Der verächtliche Blick, den sie Angelique zuwarf, ließ sie in ihren Schuhen verkümmern. So sehr ich sie auch verachte, ich konnte nicht anders, als fast Mitleid mit ihr zu empfinden – um nicht zu sagen, mir Sorgen um sie zu machen. Dieser Blick konnte jeden auf der Stelle verbrennen.

„Coral hat nichts gestohlen", erklärte Mrs. Hopkins in eisigem Ton. „*Ich* war es, die ihr das Ei gegeben hat, das Sie zurückgelassen haben. Ich habe Sie mehrfach aufgefordert, das, was Sie zurückgelassen hatten, abzuholen. Sie *haben* sich *entschieden*, Ihre Sachen zurückzulassen, obwohl Sie wussten, dass sie nach Ablauf der Frist entsorgt würden. Und dennoch haben Sie nichts unternommen, bis sie kam, um es zu tun."

„Sie kam, um sie für *mich* abzuholen!", zischte Angelique.

„Sie kam, um sie zu holen, um die Reinigungsgebühr zu vermeiden", entgegnete Mrs. Hopkins. „Da Sie wiederholt versäumt haben, diese Gegenstände zurückzuholen, durften sie mitgenommen, verschenkt oder auf andere Weise entsorgt werden, einschließlich des Eies. Was Coral mit ihnen gemacht hat, nachdem Sie sie so missachtet haben, war ganz allein ihre Entscheidung. Aber selbst dann hätten Sie keinen Anspruch auf den Liderc gehabt. Er ist nicht für Sie geschlüpft."

„Das ist unfair!", rief Angelique. „Ich habe dafür bezahlt!"

„Dann hättest du es nicht zurücklassen sollen. Die Sache ist erledigt", sagte Mrs. Hopkins abweisend, bevor sie sich im Raum umsah. „Weiter im Text: Was machst du hier? Was ist der Grund für deine Anwesenheit? Und warum gab es bei unserer Ankunft ein Feuer?"

„Sie hat versucht, die Sammlung meiner Herrin zu verbrennen, um ihr zu schaden. Sie hat all diese brennbaren Gegenstände am Kamin entsorgt, um es wie einen Unfall aussehen zu lassen", sagte Vazul mit strenger Stimme.

„Das ist eine Lüge! Es ist eine erbärmliche Falle, um meinen Untergang zu besiegeln, weil ich gedroht habe, ihren Diebstahl vor den Rat zu bringen! Sie hat mich unter dem Vorwand hierher eingeladen, um die Situation zu besprechen, damit wir zu einer einvernehmlichen Einigung kommen können. Warum sollte ich sonst hierherkommen? Mein gesamter Zirkel und andere Freunde waren vor ein paar Tagen bei mir zu Hause und haben gesehen, was für eine großartige Sammlung ich besitze. Das ist keine Bedrohung für mich. *Sie* ist keine Bedrohung für mich. Ich habe keinen Grund, das zerstören zu wollen. Ich will nur das, was mir rechtmäßig zusteht", argumentierte Angelique mit leidenschaftlicher Stimme.

Wäre ich nicht das Ziel ihrer Lügen gewesen, hätte mich ihr Schauspiel vielleicht getäuscht.

„Wenn ich dich wirklich eingeladen habe, warum bist du dann mit einem Zauber in mein Haus gekommen, um dich als ich auszugeben?", fragte ich herausfordernd. „Wenn man dich erwartet hätte, wärst du einfach in deiner normalen Gestalt hereingekommen."

„Das habe ich nicht getan!"

„Das hast du sehr wohl!", entgegnete ich und holte mein Handy heraus. „Meine Türkamera hat dich aufgenommen, als du hereinkamst. Deshalb habe ich den Rat angerufen, weil ich wusste, dass du nichts Gutes im Schilde führst."

„Und das ist nicht die einzige Aufnahme von dir", sagte Vazul mit boshafter Freude, bevor er auf das Regal in der Ecke der Werkstatt deutete. „Ich habe Corals Kamera kurz bevor du hereingekommen bist, aufgestellt. Alles, was du getan und gesagt hast, ist hier für alle zu sehen."

„Du bist verdammt cool!", flüsterte ich und starrte meinen Dämon voller Ehrfurcht an.

„Ihr Sterblichen und eure Technologie machen die Dinge

sicherlich viel interessanter als in alten Zeiten", sagte Vazul amüsiert.

Ich küsste ihn auf die Wange und rannte zu meinem Laptop, um die Kameraaufnahmen aufzurufen. In den wenigen Sekunden, die das dauerte, spuckte Angelique alle möglichen Ausreden und halbherzigen Erklärungen darüber aus, was tatsächlich passiert war. Aber niemand hörte ihr mehr zu.

Wir sahen uns das Filmmaterial völlig fassungslos an. Keine Worte konnten die Tiefe der Wut beschreiben, die in mir aufstieg. In diesem Moment bereute ich fast, dass die Hohe Hexenprüferin eingegriffen hatte. Nur wenige Sekunden später hätte Vazul diese hinterhältige Schlampe zweifellos zu einem Haufen Asche verbrannt. Normalerweise würde ich Gewalt nicht befürworten. Aber sie hatte all das und noch mehr verdient.

Das wäre eine zu kurze und zu milde Strafe gewesen.

Das wäre es sicherlich gewesen. Angie verdiente es zu leben, nur damit sie die Konsequenzen ihres Handelns tragen konnte. Und nach dem Blick zu urteilen, den Mrs. Hopkins ihr zuwarf, würde meine süße kleine Nemesis definitiv nicht so leicht davonkommen.

„Es ist nicht so, wie es aussieht", stammelte Angie, ihr Gesicht war kreidebleich. „Es ist ..."

„Genug, du dummes Mädchen", unterbrach Mrs. Hopkins sie streng. „In dem Moment, als der Liderc schlüpfte, wusste ich, dass du etwas Dummes tun würdest. Wir haben seine Ankunft in dieser Welt gespürt. Wir haben uns zurückgehalten und zugesehen, weil wir wussten, dass deine Gier und dein Anspruchsdenken dich dazu bringen würden, die Regeln zu brechen. Warum glaubst du, waren wir so schnell hier?"

Angelique warf ihrer Hohepriesterin einen Mitleid erregenden Blick zu. Myrtil wandte ihre Augen jedoch ab, unzählige widersprüchliche Emotionen huschten über ihr Gesicht. Obwohl es nie bewiesen worden war, gab es Gerüchte, dass sie miteinander verwandt waren. Das hätte erklärt, warum sie Angie so viele Dinge durchgehen ließ, die sie sonst aus dem Zirkel ausgeschlossen hätten. Blutsbande oder keine, Myrtil konnte sich nicht über den Rat hinwegsetzen, um ihre Verwandte zu schützen. Sie hätte sich zur Verschwiegenheit verpflichten müssen, sobald sie von den Ermittlungen erfahren hatte. Hätte sie Angie gewarnt, würde die Hohepriesterin jetzt selbst in einer Scheißlawine stecken.

„Unsere Aufgabe ist es, Risiken zu antizipieren, die uns bloßstellen könnten", fuhr Mrs. Hopkins gnadenlos fort. „Ihr Ego und Ihre Gier drohten genau das zu tun. Wir haben auch sehr strenge Regeln gegen den Missbrauch unserer Kräfte, um anderen Mitgliedern unserer Gemeinschaft zu schaden. Sie haben gegen diese Regeln verstoßen. Deshalb werden Sie vor dem Rat stehen, um sich für Ihre Verbrechen zu verantworten."

„Sie ist kein Mitglied unserer Gemeinschaft!", kreischte Angelique mit einer Stimme voller Panik, Wut und Empörung. „Coral gehört nicht einmal zu einem Zirkel. Sie kann keinen Schutz vom Rat beanspruchen!"

„Auch wenn sie noch eine Anfängerin ist, ist sie dennoch eine Hexe", entgegnete Mrs. Hopkins in einem Ton, der keinen Widerspruch duldete. „Als ältere Hexe *und* eine der beiden, die sie in die Magie eingeführt haben, hatten Sie die Pflicht, sie zu beschützen, nicht sie zu untergraben. Ob sie einem Zirkel angehört oder nicht, ist irrelevant. Coral kennt uns und ist uns bekannt. Hätten Ihre böswilligen Pläne ihren Zeitplan nicht durcheinandergebracht, wäre sie in diesem Moment in unserem Hauptquartier und würde die Formalitäten für ihren Liderc erledigen."

Dann wandte sie sich an Myrtil und bedeutete ihr, näher zu kommen. Ich hatte die Hohepriesterin noch nie so demütig und klein gesehen. Auch wenn sie sich an die Regeln gehalten und Angelique keinen unfairen Schutz gewährt hatte, war ich fest davon überzeugt, dass sie vor ihrer Ankunft hier wegen der ganzen Situation heftig ausgeschimpft worden war. Und mein

Bauchgefühl sagte mir, dass sie danach noch einmal eine ordentliche Standpauke bekommen würde, jetzt, wo sich ihre Vermutungen bestätigt hatten.

„Angelique Delaney, Sie haben sich als rücksichtslos und gefährlich erwiesen", sagte Mrs. Hopkins in feierlichem Ton. „Daher werden Ihnen bis zu Ihrer Verhandlung Ihre Kräfte entzogen."

Ich war sprachlos.

„Was?", rief Angelique entsetzt aus.

Die Oberste Hexenprüferin ignorierte sie und wandte sich wieder Myrtil zu.

„Legen Sie Ihrer Hexe Handschellen an", sagte Mrs. Hopkins und bedeutete ihr mit einem Kopfnicken, fortzufahren.

„Nein! Das können Sie nicht machen! Wissen Sie, wer ich bin?", schrie Angie.

„Genug, du dummes Mädchen", zischte Myrtil schließlich leise. „Du bist schon genug in Schwierigkeiten. Mach es nicht noch schlimmer. Du wirst dich vor Gericht verteidigen können."

Ich konnte nicht sagen, ob dies ein Beweis für eine Blutsverwandtschaft zwischen ihnen war oder ob Myrtil lediglich versuchte, den Schaden zu begrenzen. Da dieser Skandal die oberste Hexe ihres Zirkels betraf, würden sich die Gerüchte und das Ergebnis negativ auf sie alle auswirken. Ich zweifelte nicht daran, dass Myrtil mit allen Mitteln kämpfen würde, um Milde für Angie zu erwirken. Auch wenn ich die Geschädigte war, konnte ich aufgrund der Art des Verbrechens nicht einseitig verlangen, dass sie die Anklage fallen ließen. Dies war nun eine Angelegenheit des Rates. Ihre Regeln waren gebrochen worden. Und nach Mrs. Hopkins Verhalten zu urteilen, würde sie Angelique zum Exempel machen wollen.

Zum zweiten Mal an diesem Tag – etwas, das mir schon lange nicht mehr passiert war – tat sie mir leid.

Dennoch versuchte sie sich zu wehren, als ihre Hohepriesterin ihr ein eisernes Halsband umlegte. Es war nicht besonders auffällig, aber so zart, dass man es bequem zu jedem Outfit tragen und sogar damit schlafen konnte. Die Runensymbole, die seine magische Neutralisierungswirkung ermöglichten, ließen es sogar stilvoll aussehen. Für Laien würde es nur als cooles Accessoire gelten.

Als sie fertig waren, begleitete Myrtil Angie aus der Werkstatt. Zum ersten Mal seit über einem Jahr, seit ich sie kannte, sah ich echte Tränen in Angeliques Augen aufsteigen und über ihre Wangen laufen. Ich konnte mir nicht vorstellen, wie es für jemanden wie Angelique sein musste, ihrer Macht beraubt zu werden, deren gesamtes Selbstwertgefühl sich um ihre Magie und all die Dinge drehte, die sie anderen überlegen machten. Allein diese Strafe war ein vernichtender Schlag für sie. Zu wissen, dass dies nur die Spitze des Eisbergs war, stellte meine Empathie auf eine harte Probe.

Sobald sie den Raum verlassen hatten, drehte sich Mrs. Hopkins zu mir um. Diese Frau war verdammt einschüchternd. Der rationale Teil von mir – mit einem gesunden Selbsterhaltungstrieb – wollte vor ihr zurückschrecken und still bleiben, bis sie weitere Anweisungen gab. Aber der andere, mutigere Teil von mir – der unter der unterstützenden und fördernden Präsenz meines Dämons stetig gewachsen war – beschloss, sich zu Wort zu melden.

„Die Taschen waren doch nicht so voll, oder?", fragte ich mit einer gewissen Herausforderung in der Stimme. „Sie haben mir das Ei absichtlich unter die Achsel geklemmt, oder?"

Das selbstgefällige Grinsen, mit dem sie mich ansah, war die Bestätigung, die ich brauchte. Obwohl mir dieser Gedanke seit Vazuls Schlüpfen schon mehrfach durch den Kopf gegangen war, war ich dennoch fassungslos, dies als die Realität zu akzeptieren, für die ich über ein Jahr lang zu blind gewesen war.

„Sie waren immer die Bessere", sagte Mrs. Hopkins mit einem Achselzucken. „Aber Sie brauchen bessere Freunde. Dieser Zirkel ist nichts als eine Schlangengrube. Sie gehören nicht dorthin. Sophia ist ganz in Ordnung, aber die anderen sind Aasgeier. Meine Worte überraschen dich nicht. Es war so offensichtlich, dass du dich nicht bemüht hast, dich ihnen anzuschließen. Eine kluge Entscheidung, abgesehen davon, dass du es versäumt hast, an deinen Fähigkeiten zu arbeiten."

Verlegen scharrte ich mit den Füßen. Wie schaffte es diese Frau nur, mir so leicht das Gefühl zu geben, ein ungezogenes Kind zu sein, das von seiner Lehrerin zurechtgewiesen wird? Vazul streichelte mir beruhigend den Rücken, obwohl sein Blick auf die Oberste Hexenprüferin geheftet blieb.

„Du musst an deiner Magie arbeiten und einem Zirkel beitreten. Du kannst nicht so ahnungslos bleiben, vor allem nicht, wenn dein Haus ungeschützt ist", fuhr Mrs. Hopkins streng fort, mit unbeeindrucktem Blick und gerümpfter Nase, während sie sich im Raum umsah. „Es ist nirgendwo ein einziger Schutzzauber zu sehen. Hättest du die grundlegenden Arbeiten erledigt, hätte das Feuer, das Angie auf dein Haus geworfen hat, keine Chance gehabt. Tatsächlich hätten ihr Zauber und ihr Schlosserzauber keine Wirkung gezeigt."

„Sie hat wieder angefangen, neue Zaubersprüche zu lernen", warf Vazul ein, wobei er leicht defensiv klang, als er seinen Arm schützend um mich legte.

Verdammt, ich könnte ihn jetzt küssen.

„Ja, das habe ich", stimmte ich schüchtern zu.

Das amüsierte Lächeln, das Mrs. Hopkins Vazul zuwarf, bevor sie mich wieder ansah, ließ ihr Gesicht auf eine Weise weich werden, wie ich es noch nie zuvor gesehen hatte.

„Das freut mich zu hören. Ich erwarte dich am Tag nach der Messe in meinem Hexenzirkel. Wir werden noch etwas aus dir machen", sagte sie in gebieterischem Ton, während sie mich musternd ansah.

„Was?", stieß ich verblüfft hervor.

„Du hast mich verstanden, junge Dame. Ich schicke dir in

Kürze die Koordinaten. Sei pünktlich und enttäusch mich nicht", sagte sie streng.

Ich stand mit offenem Mund da, während mir die Gedanken durch den Kopf schwirrten. Man wurde nicht einfach so zu einem Hexenzirkel eingeladen, schon gar nicht zu einem, dessen Oberpriesterin – wie ich annahm, dass Mrs. Hopkins es war – zufällig auch eine sehr hochrangige Beamtin im Rat der Hexen war. Eine solche Position hatte man nur, wenn man extrem mächtig war. Dass sie jemanden wie mich einlud, war ein riesiges Kompliment. Normalerweise musste man monatelang – manchmal sogar jahrelang – betteln, kriechen und versuchen, sich als würdig zu erweisen, bevor man überhaupt eine Chance bekam.

Ihr Gesicht wurde wieder weicher, und sie lächelte auf eine fast mütterliche Art und Weise, die mich noch mehr erschütterte als Vazul mit seinen abrupten Wechseln zwischen brutaler Ehrlichkeit und göttlicher Liebenswürdigkeit.

„Du hast nur wenige Stunden gebraucht, um einen Liderc auszubrüten, der jahrelang alle anderen abgelehnt hat. Angie war nicht die erste Besitzerin dieses Eies", sagte Mrs. Hopkins mit sanfter Stimme. „Und in der kurzen Zeit an deiner Seite hast du dir seine vollständige und unerschütterliche Loyalität verdient. Das beweist deinen Wert mehr als jede Prüfung oder jeder Test, dem ich dich unterziehen könnte. Komm nicht zu spät."

Damit drehte sich die Hohe Hexenprüferin – und nun offenbar meine brandneue Hohepriesterin – um und verließ den Raum.

„Ich habe dir gesagt, dass du die Beste bist", sagte Vazul selbstgefällig.

„Nein, Vazul. Du bist es."

„Das auch", stimmte er zu.

Ich kicherte, schlug ihm spielerisch auf die Schulter und hob mein Gesicht, um seinen Kuss zu empfangen.

EPILOG
CORAL

Die dreitägige Messe war ein voller Erfolg. Die Menschenmenge, die sich um meinen Stand drängte, überwältigte mich fast. Ich hatte erwartet, dass ich viel Aufmerksamkeit bekommen würde, nicht nur wegen meiner Hingucker, sondern vor allem wegen der Art und Weise, wie Vazul meine Vision über alles hinaus gesteigert hatte, was ich jemals für möglich gehalten hätte. Die Makellosigkeit seiner Handwerkskunst beeindruckte alle. In der Realität sah alles noch besser aus als in meiner Vorstellung.

Während der gesamten Veranstaltung tadelte mich Vazul dafür, dass ich versuchte, ihm Anerkennung zu zollen. Es verwirrte mich, wie sehr ihn das ärgerte, aber ich wollte ihm lediglich die ihm zustehende Anerkennung geben. In seinen Augen schmälerte ich damit meinen eigenen Beitrag. Es gab eine Zeit, in der er Recht gehabt hätte. Aber seit er in mein Leben getreten war – auch wenn das noch nicht lange her war –, hatte Vazul mir wirklich geholfen, selbstbewusster zu werden und meinen Wert zu erkennen. Gerade weil ich endlich meine selbstbewusstere Seite angenommen hatte, fiel es mir so leicht, den Ruhm und das Lob zu teilen.

Ich musste nicht alle Lorbeeren einheimsen, denn mein eigener Beitrag sprach für sich. Diese gesamte Kollektion war *meine* Vision, *meine* Schöpfung. Ich habe persönlich mehr als 95 % davon erstellt, bevor er sich einschaltete. So sehr Vazul auch die weniger gelungenen Elemente korrigiert und verbessert hatte, er hatte nicht alles neu gemacht. Wenn wir das Ganze quantifizieren wollten, hatte er vielleicht gerade einmal 10 % des gesamten Projekts überarbeitet, optimiert oder komplett neu gestaltet.

Aber diese Korrekturen hatten eine unglaubliche Wirkung. Und das musste anerkannt werden.

In vielerlei Hinsicht war es so, als hätte man das perfekte Fotoshooting für die cleverste Marketingkampagne aller Zeiten und dann einen riesigen Tippfehler auf der riesigen Werbetafel. Es spielte keine Rolle, wie brillant alles andere war. Das Einzige, was die Leute sehen und worüber sie reden würden, war dieser elende Tippfehler.

Ohne die magische Hand meines Dämons hätte ich nicht so eine phänomenale Resonanz erhalten. Zu meiner Freude und meinem Erstaunen war ich so schnell ausverkauft, dass ich den letzten Tag der Veranstaltung an einem fast leeren Stand verbrachte, mit einem Katalog und Fotos meiner Arbeiten für diejenigen, die alle physischen Artikel von mir verpasst hatten. Glücklicherweise erklärte sich der Käufer meines Couchtischs bereit, ihn erst am Ende der Messe abzuholen.

Dieses Stück allein machte den Großteil meines Umsatzes aus. Natürlich hätten sich die meisten Leute das nicht leisten können. Aber sie fanden es so toll, dass sie zumindest behaupten wollten, einen Dekorationsartikel zu besitzen, der vom Schöpfer des „Couchtisches mit der Spuckstraße" oder des „Irre coolen Tisches", wie die Besucher ihn nannten, hergestellt wurde.

Das Erstaunlichste daran war, dass Vazul mich ständig gegenüber den Besuchern unseres Standes anpries. Mein Verstand begriff, dass er als mein Liderc genetisch darauf programmiert war, alles in seiner Macht Stehende zu tun, um mich zum Strahlen zu bringen. Aber ich glaubte aus tiefstem Herzen, dass er dies nicht nur aus Pflichtgefühl tat, sondern weil er wirklich an alles glaubte, was er sagte.

In meinem ganzen Leben hatte ich mich noch nie so unterstützt gefühlt wie von ihm. Er glaubte an mich und sah eine Schönheit in mir, von der ich nie gedacht hätte, dass sie existierte, die ich aber definitiv begann, von ganzem Herzen anzunehmen.

Das Tüpfelchen auf dem i waren die unzähligen Sonderanfertigungen und Angebote für Filmprojekte, mit denen mich die Besucher überschütteten. Ich hatte gehofft, in den ersten Monaten nach der Eröffnung meines Ladens zumindest eine Handvoll Aufträge zu bekommen, um mich über Wasser zu halten. Stattdessen hatte ich so viele Buchungen, dass ich mir tatsächlich aussuchen konnte, welche ich wirklich machen wollte, und sogar diejenigen ablehnen konnte, die mich entweder nicht inspirierten oder die einfach nicht in meinen Zeitplan passten.

Die Zusammenarbeit an Filmprojekten fiel mir am schwersten. Allein schon die Möglichkeit, damit anzugeben, hätte jeden dazu gebracht, mit einem klaren Ja zu antworten. Nicht wenige dieser Projekte klangen nicht nur spannend, sondern auch ziemlich lukrativ. Nach reiflicher Überlegung entschied ich mich jedoch, darauf zu verzichten. Ich zweifelte zwar nicht daran, dass ich diese Projekte mit Bravour gemeistert hätte, aber ich hatte das Glück, an meinen eigenen individuellen oder privaten Projekten arbeiten zu können. Die Arbeit an Filmsets bedeutete unmenschliche Arbeitszeiten, ständige Änderungen der künstlerischen Ausrichtung und eine Einschränkung meiner Kreativität durch die Anforderungen und Bedürfnisse des Films. In den meisten Fällen gab es keine Verhandlungsmöglichkeit. Selbst wenn man mit der vorgegebenen Ausrichtung nicht einverstanden war, hatte man keine andere Wahl, als sich daran zu halten.

Zu meiner völligen Überraschung und Verwirrung erfuhr ich, dass Angie sich, was diese Veranstaltung anging, zurückgezogen hatte. Das verwirrte mich. Ihre Kollektion war sehr schön gewesen und hätte sich wahrscheinlich auch gut verkauft. Während sie auf ihren Prozess wartete, durfte sie ihre Geschäfte wie gewohnt weiterführen. Diese Messe hatte nichts direkt mit dem Rat der Hexen zu tun. Auch wenn sie zunächst versucht hatte, meine Teilnahme zu sabotieren, hatte der Rat nicht die Macht, ihr die Teilnahme an einer von weltlichen Menschen organisierten beruflichen Veranstaltung zu verbieten. Warum also der Rückzug? War es Scham? War sie immer noch zu wütend, um in die Öffentlichkeit zu gehen, insbesondere in meine Nähe?

Ihre unerwartete Abwesenheit gab Anlass zu unzähligen Spekulationen, insbesondere angesichts der lächerlich fadenscheinigen Ausrede, die sie vorbrachte. Die törichte Frau behauptete, ihr Haustier sei sehr alt geworden und liege im Sterben. Sie müsse in seinen letzten Stunden an seiner Seite sein. Menschen mit Haustieren hätten zweifellos auf ihrer Seite gestanden. Aber die Gemeinde wusste bereits, dass es ihrer schwarzen Katze Merlin gut ging, und sie hatte nie erwähnt, dass sie noch ein anderes Haustier hatte.

Wie auch immer, zu Hause zu bleiben und in ihrer Ecke zu schmollen, war ihr Verlust, nicht meiner.

Und was das Verlieren anging, hatte die liebe Angelique gerade eine Glückssträhne. Nicht nur, dass sie Vazul nie bekommen würde, sie erhielt auch noch das schnelle und brutale Urteil, das jeder fürchtete. Myrtil warf sie nicht nur aus ihrem Zirkel, sondern der Rat erklärte auch, dass Angie ein ganzes Jahr lang an der Leine bleiben und sich einer dreijährigen Bewährungszeit unterziehen müsse. Sollte sie während dieser Zeit erneut vom rechten Weg

REGINE ABEL

abkommen, würde ihr die Nutzung ihrer Kräfte dauerhaft untersagt werden. Ihre einzige Hoffnung wäre dann die Flucht aus dem Land. Da die Zirkel international miteinander kommunizierten, würde jeder, der sie fand, ihr ein Halsband anlegen, es sei denn, sie fände einen abtrünnigen Zirkel, der ihr Asyl gewährte.

Obwohl ich die Geschädigte war, fand ich das Urteil etwas übertrieben, zumal kein tatsächlicher Schaden entstanden war. Ich verstand jedoch, dass sie an ihr ein Exempel statuieren wollten. Da sie eine so prominente Figur in unserem Kreis gewesen war, traf es die Menschen umso härter, dass niemand vor brutalen Strafen gefeit war, wenn er gegen die Regeln verstieß. Für Angie musste es verheerend sein, von einem „It-Girl" zu einer völligen Ausgestoßenen zu werden.

Schließlich verließ sie die Stadt, um dort neu anzufangen, wo das Stigma ihrer Schande nicht so schwer auf ihren Schultern lastete. Zu ihrem Unglück verbreitete sich die Nachricht jedoch schnell, und sie hatte Mühe, ein neues Zuhause zu finden. Angie versuchte sogar, ein neues Liderc-Ei zu erwerben, aber niemand wollte ihr eines verkaufen.

Und das war auch gut so.

Jedes Mal, wenn ich daran dachte, welche schrecklichen Pläne sie für meinen Dämon hatte, falls es ihr gelungen wäre, ihn zurückzugewinnen, brannte noch immer Wut in mir. Ich hatte keinen Zweifel daran, dass Angie, sollte sie es irgendwie schaffen, einen Liderc für sich zu gewinnen, diesen Plan in die Tat umsetzen und vielleicht sogar noch weitertreiben würde. Tatsächlich sagte mir mein Bauchgefühl, dass Angie an einem solchen schrecklichen Tag ihren Dämon besonders misshandeln würde, als Vergeltung für die Demütigung und Ablehnung, die sie durch Vazul erfahren hatte.

Aber zum Glück war sie nicht mehr mein Problem. Alles, was ich zu ihr sagen konnte, war: „Gut, dass wir den schlechten Müll los sind."

In der Zwischenzeit schloss ich mich schließlich Mrs.

Hopkins' Zirkel an. Ich war überwältigt, als ich entdeckte, was für eine unglaublich coole Hohepriesterin sie war. Hinter ihrer strengen und übertrieben gepflegten Fassade verbarg sich eine überaus liebenswürdige Frau – solange man sich korrekt verhielt.

Zu meinem Leidwesen war sie zwar bereit, Sophia in den Zirkel aufzunehmen, aber meine Freundin lehnte dankend ab. Wie Angie sehnte sich auch Sophia nach Macht, auch wenn sie diese auf ethische Weise erlangen wollte. Ein Zirkel wie der von Myrtil entsprach eher ihren Ambitionen und dem Tempo, mit dem sie diese Macht erlangen konnte.

Mrs. Hopkins richtete sich eher an unerfahrene Hexen, die sich für praktische und pflegende Magie interessierten, als an diejenigen, die nach roher Kraft und Angriffsfähigkeiten strebten. Das entsprach ganz meinen eigenen Vorstellungen, und ich fühlte mich in ihrem Zirkel schnell wie zu Hause. Endlich war ich von Gleichgesinnten umgeben, die mir gerne Unterstützung anboten, um der Kameradschaft willen und nicht als Vorauszahlung für einen späteren Gefallen.

Was meinen Dämon betraf, so jammerte und nörgelte Vazul weiterhin über meine Bemühungen, ihn zu meinem Geschäftspartner zu machen. Wie ich mir zuvor versprochen hatte, würde ich ihn nicht dazu zwingen, aber ich würde ihn weiterhin schamlos in diese Richtung drängen. Zumindest hörte er auf, sich darüber zu beschweren, dass ich ihn offiziell auf die Gehaltsliste gesetzt und ihm ein sehr komfortables Gehalt zahlte.

So sehr er es auch genoss, das Geld zu haben, um mich zu allen menschlichen Vergnügungsstätten mitzunehmen, hatte er dennoch Probleme mit dem Gedanken, dass ich diejenige war, die sein Gehalt bezahlte. Das lag nicht an einem unangebrachten Frauenhass. Es störte ihn einfach, dass er mich technisch gesehen mit meinem eigenen Geld verwöhnte.

„Erstens ist es nicht *mein* Geld, sondern das Geld meiner *Firma*, die dich bezahlt", sagte ich neckisch. „Und wenn du Partner wärst, wäre es das Geld *unserer* Firma. Also ..."

Er verzog das Gesicht und murmelte etwas Unverständliches.

„Murre und meckere, so viel du willst", sagte ich mit spöttischer Singstimme. „Früher oder später wirst du nachgeben. Und wenn nicht, dann ist es eben so. Vielleicht muss ich einfach diesen sexy Buchhalter Frederick fragen, der mir so eifrig dabei helfen wollte, mein Geschäft auszubauen."

Noch bevor ich meinen Satz beendet hatte, beschwor Vazul eines seiner feurigen Tentakel herbei, schlang es um meine Taille und zog mich mit wütendem Gesichtsausdruck zu sich heran. Ich kicherte unverschämt, als ich gegen ihn prallte. Er hielt mich mit einer Besitzergreifung fest, die mich an den richtigen Stellen kribbeln ließ, selbst als er mich finster anblickte.

„Wenn dieser Elende dir auch nur zu nahekommt, werde ich ihn ausbluten lassen, ihn zu Asche verbrennen und seine Asche als Dekorationselement für deine nächsten Miniaturen verwenden. Das soll sein Beitrag zum Wachstum deines Unternehmens sein", zischte er.

„Du bist so sexy, wenn du eifersüchtig bist", schnurrte ich und klimperte ihm unverschämt mit den Wimpern zu.

„Ich teile nicht, was mir gehört", knurrte er, seine Lippen nur ein Haarbreit von meinen entfernt. „Vielleicht sollte ich dich daran erinnern, warum kein Partner jemals besser für dich sein wird als ich."

„Hmmm, vielleicht solltest du das tun. Bei all den Aufträgen, die wir in letzter Zeit zu erledigen hatten, beginnt meine Erinnerung an deine nicht handwerklichen Fähigkeiten ein wenig zu verschwimmen", sagte ich mit einem Schmollmund, während mein Zeigefinger den Warzenhof seiner rechten Brustwarze nachzeichnete.

Das raubtierhafte Lächeln, das sich über seine Lippen breitete, ließ meinen Magen sofort ein paar Saltos schlagen. Er warf einen Blick zu meiner Rechten auf eine Kommode, an der wir gerade den letzten Schliff vornahmen. Möbel in Originalgröße mit eingebauten Miniaturelementen waren zu unserem Hauptgeschäft geworden. Die mit interaktiven Einsätzen oder mit magisch angetriebenen Animationen waren der letzte Schrei. Und dieses hier würde keine Ausnahme sein.

„Diese Kommode sieht jetzt stabil genug aus. Vielleicht sollten wir sie testen, um sicherzugehen", sagte Vazul in einem suggestiven Tonfall.

„Auf keinen Fall!", rief ich schockiert aus. „Keine Spielereien mit der Ware!"

Er verzog das Gesicht und sah mich an, als wäre ich der größte Spielverderber. „Wir haben schon jede andere Oberfläche im Haus getestet", jammerte er.

„Dann sei kreativ und finde neue Verwendungsmöglichkeiten", sagte ich mit einem Achselzucken. „Sind Lidercs nicht schließlich bessere Sexdämonen als Incubi?"

„Das sind wir!", bestätigte er und klang dabei ein wenig beleidigt.

„Dann beweise es!"

„Gerne!"

„Moment mal! Aber diesmal nichts Ausgefallenes. Mal sehen, wie gut du Vanilla hinbekommst", sagte ich mit einer Herausforderung in der Stimme und erwartete, dass er einen Wutanfall bekommen würde.

Zu meiner Überraschung kniff er die Augen zusammen und ein langsames Lächeln huschte über seine vollen Lippen.

„Herausforderung angenommen", sagte Vazul mit rauer Stimme.

Mein Dämon hob mich hoch und trug mich wie eine Braut, statt mich wie sonst üblich mit meinen Armen und Beinen um ihn geschlungen an seine Brust zu drücken. Ein Teil von mir fühlte sich betrogen, da wir uns normalerweise den ganzen Weg lang küssten, bis wir uns schließlich liebkosten. Zu spüren, wie sein Glied gegen meinen Bauch hart wurde, während er mich trug, war ebenfalls ein geschätzter Teil unseres Vorspiels. Und doch hatte die Art, wie er mich hielt, etwas Besitzergreifendes und Romantisches, fast wie bei einem kostbaren Preis, den er in seine Höhle zurückbrachte.

Nur dass ich bereits zu erregt war, um gelassen darauf zu warten, dass wir unser Ziel erreichten. Ich konnte nicht sagen, wann ich zu einer so sexhungrigen Bestie geworden war, aber ich nahm dieses neue Ich mit meinem „Mann" von ganzem Herzen an.

Ich beugte mich vor und streifte mit meinen Lippen seinen Hals, knabberte daran, während meine Hand über seine straffen Bauchmuskeln wanderte. Seine Brust vibrierte mit einem grollenden Geräusch, während sich sein Bauch unter meiner Berührung zusammenzog.

Ein Teil von mir bereute es, diese Herausforderung ausgesprochen zu haben. Nicht, weil ich mir eines dieser wilden und ungezügelten Szenarien wünschte, mit denen er mich bisher erfreut hatte. Ich war eigentlich eher in der Stimmung für etwas Traditionelleres, wenn man das so sagen konnte. Aber er würde das als Signal verstehen, dass ich wollte, dass er die Kontrolle übernahm. Da Vazul von Natur aus dominant war, versuchte er immer, die Kontrolle über unsere Liebesspiele zu übernehmen. Aber dieses Mal wollte ich mich ein wenig mit ihm vergnügen, bevor ich ihm die Zügel überließ.

Ich konnte nicht sagen, wie viele dieser Gedanken mein Dämon durch das Lesen meiner Emotionen entschlüsseln konnte. Er konnte zwar keine Gedanken lesen, aber er konnte Standbilder von Dingen sehen, die wir uns in unseren Köpfen ausmalten, die wir gesehen hatten oder auf die wir uns konzentrierten. So wusste er immer genau, wie ich mir eines meiner Möbelstücke oder Miniaturen vorstellte.

Ich musterte ihn, und seine roten Augen starrten mich mit einer Intensität an, die mir das Gefühl gab, entblößt zu sein. Sein Gesicht war unlesbar, bis auf ein diskretes Grinsen, das sowohl die Hölle als auch das Paradies zu versprechen schien.

Vazul betrat unser Schlafzimmer und legte mich vorsichtig

auf das Bett. Ich streifte meine Schuhe ab, während er sich auf die Matratze setzte und über mich kroch. Bevor er sich auf mich legen konnte, drückte ich seine linke Schulter, zwang ihn auf den Rücken und kletterte dann auf ihn.

„Ich möchte unartige Dinge mit dir machen", flüsterte ich, platzierte meine Hände auf seinen Schultern, und drückte ihn auf das Bett.

„Aber natürlich, Herrin. Ich gehöre dir und du kannst mit mir machen, was du willst ... zumindest im Moment", antwortete er mit tiefer Stimme, während das Leuchten in seinen roten Augen intensiver wurde.

Ich hatte ihn gebeten, mich nicht mehr so anzusprechen, da ich nicht wollte, dass unsere Beziehung diese Konnotation von Herr und Diener hatte. Auch wenn die magische Verbindung zwischen uns uns technisch gesehen als solche definierte, glaubte ich an den freien Willen. Wir konnten unsere eigenen Regeln aufstellen, und unsere Beziehung war eine Partnerschaft. Vazul war mein Freund – und ehrlich gesagt die Person, mit der ich mir ein langfristiges Leben vorstellen konnte – keineswegs mein Sklave.

Obwohl es ihm zunächst seltsam vorkam, respektierte er meine Bitte, wenn es um den normalen Umgang miteinander ging. Aber im Schlafzimmer nannte er mich jedes Mal, wenn ich die dominantere Rolle übernahm, „Herrin", wie ein gehorsamer Junge. Und ich liebte es! In diesem Fall handelte es sich lediglich um ein Rollenspiel und einen einvernehmlichen Machtwechsel. Das war die Art von Dynamik, die ich zwischen uns wollte.

„Guter Junge", flüsterte ich mit einem triumphierenden Lächeln.

Ich eroberte seine Lippen zurück, während meine Hände über seine nackte Brust glitten. Zu Hause lief Vazul immer nackt herum, bis auf eine kurze Hose. Tatsächlich hatte er eine Vorliebe für Kilts und halblange Gothic-Röcke für Männer entwickelt. Natürlich ohne Unterwäsche darunter, so wie er es gerade in diesem Moment tat. Der Schlingel gab ungeniert zu, dass es den Vorgang beschleunigte, wenn ich schnell Sex wollte.

So sehr es mich auch erröten ließ, dass er das so offen aussprach, konnte ich doch nicht leugnen, dass er Recht hatte. Ein paar Mal hatte ich vielleicht *vergessen*, Unterwäsche zu tragen, und *versehentlich* mit meinem Hintern gewackelt, während ich mich über die Kücheninsel beugte. Ein einfaches Anheben unserer jeweiligen Röcke hatte ausgereicht, damit sich eine bestimmte geriffelte Schlange in eine unscheinbare Höhle wagte. Meine eigenen wandernden Hände waren vielleicht beiläufig unter dem Saum seines Kilts gelandet und hatten sich dabei ertappt, wie sie gedankenverloren mit seinen Eiern Jingle Bells spielten.

Selbst als sich unsere Zungen vermischten, streichelte ich mit meinen Handflächen über die gemeißelten Rillen seines Bauches. Die Finger meiner rechten Hand wagten sich weiter nach unten zu seiner Seite, um die beiden Schnallenriemen zu öffnen, die ihn an seinem Platz hielten. Verdammt, wie ich das Gefühl seiner glatten Haut liebte und die harten Noppen seiner Brustwarzen unter meiner Berührung!

Ich unterbrach den Kuss, fast berauscht von seinem süßen Pfirsichgeschmack. Ich umfasste sein rechtes Horn mit der Faust und zog seinen Kopf fest nach hinten. Vazul atmete scharf ein, und das Geräusch hallte direkt zwischen meinen Schenkeln wider, während meine Lippen sein Gesicht hingebungsvoll erkundeten. Seine Haut hatte nicht ganz die gleiche Beschaffenheit wie die eines Menschen. An manchen Stellen war sie weich, an anderen etwas rauer, als wäre sie mit winzigen Schuppen bedeckt. Ich konnte es nicht ganz in Worte fassen, aber das war auch nicht wichtig. Ich liebte das Gefühl auf meinen Lippen und unter meiner Zunge.

Er zitterte, als ich begann, seinen Hals zu lecken, genau an der Stelle unterhalb des Ohrs, und dann an seinem Ohrläppchen knabberte. Vazul knurrte zustimmend, und seine Finger glitten durch mein Haar und legten sich auf meinen Nacken. Ich liebte es, dass er nicht versuchte, meine Handlungen zu kontrollieren, sondern mir erlaubte, seinen Körper nach Belieben zu erkunden. Natürlich würde das nicht von Dauer sein. Irgendwann würde er die Kontrolle übernehmen müssen. Aber ich würde genießen, was mir gehörte, solange ich konnte.

Ich leckte mich seinen Oberkörper hinunter und hielt kurz inne, um mit meiner Zunge seine Brustwarzen zu necken. Vazul stöhnte erneut, seine Bauchmuskeln zuckten als Reaktion auf meine Liebkosungen. Mit einem triumphierenden Lächeln schloss ich meine Lippen um seine kleine Knospe und saugte langsam daran. Ich stupste mit meinem Daumen an die andere und drückte sie dann so fest, dass es fast wehtat. Mein Dämon mochte ein bisschen Schmerz. Erneut grunzte er zustimmend. Aber es war das Erscheinen einiger feuriger Streifen unter seiner Haut, das mich ermutigte.

Er konnte sie zwar nach Belieben herbeirufen, aber oft erschienen sie unwillkürlich als Reaktion auf lustvolle Empfindungen. Ich verlagerte meine Aufmerksamkeit sofort von seiner Brustwarze auf den Streifen, der sich über seinen Bauch hinzog. Ich fuhr mit meiner Zunge darüber, die als Reaktion auf die von ihm ausgehende Hitze kribbelte.

Als ich die anderen Streifen weiter unten leckte, öffnete ich die Laschen seines Kilts, den ich zuvor abgenommen hatte, und enthüllte meinen Schatz. Als ich sah, dass Vazul bereits halb erigiert war, erweckte das ein dumpfes Pochen zwischen meinen Schenkeln. Unfähig zu widerstehen, machte ich mich direkt daran. Vazul zischte und streckte seinen Rücken teilweise, als meine Hand sich um seine Länge schloss. Verdammt, mein Mann war dick! Es verblüffte mich immer noch, dass ich ihn aufnehmen konnte.

Und wie herrlich es war!

Ich bewunderte die Schönheit seines Schafts mit den gewundenen Rillen, die sich in mir so wunderbar anfühlten. Genauso erstaunlich empfand ich sie an meiner Hand, als ich begann, ihn zu streicheln. Innerhalb von Sekunden erschien ein rötlicher Schimmer zwischen den Rillen, ein verräterisches Zeichen für das Vergnügen meines Dämons. Ich beugte mich vor und leckte seinen Schaft langsam und ausgiebig von der Basis bis zur Eichel. Vazul zischte erneut, und das Geräusch verwandelte sich in ein Knurren, als ich ihn tief in meinen Mund nahm. Er stützte sich auf seine Ellbogen, um zuzusehen, wie ich ihn schluckte.

Vazul liebte es, zu sehen, wie sein Schwanz in mich eindrang, sei es in meinen Mund oder in meine Muschi. Er konnte nicht wirklich erklären, warum. Ja, es erregte ihn, aber es war mehr als das. Er erklärte, dass es sich in gewisser Weise so anfühlte, als würde jeder Stoß mich weiter als sein Eigentum brandmarken, wie eine visuelle Bestätigung unserer Verbindung, die seine fast rasende Besitzgier mir gegenüber besänftigte.

Was auch immer der Grund war, es war mir egal. Ich liebte es, seinen Schwanz in mir zu spüren.

Ich legte den Kopf in den Nacken, sah zu ihm auf und machte dabei ein ziemliches Spektakel, während ich ihn oral befriedigte. Ich setzte meinen laszivsten Gesichtsausdruck auf, während ich ihn lutschte, ihn so tief wie möglich in den Mund nahm, dann wieder zur Spitze glitt und meine Zunge um die Eichel kreisen ließ. Zwischendurch drückte ich die Basis seines Schafts, streichelte ihn im Rhythmus der Bewegungen meines Mundes und liebkoste seine Hoden genau so, wie er es mochte.

Es verwirrte mich, dass ich, die kleine ich, einem verdammten Sexdämon, der über tausend Jahre alt war, so viel Vergnügen bereiten konnte. Und doch war es so. Mein Blick traf seinen, und ich schwelgte in der Macht, die ich über ihn hatte. Mit halb geschlossenen Augen starrte Vazul mich mit geöffneten Lippen an, sein Atem wurde unter meinen Liebkosungen immer lauter und schwerer.

Das erstickte Stöhnen, das er von sich gab, als ich meine Fingernägel zwischen die Rillen seiner Eichel grub, machte mich so verdammt feucht, dass ich spürte, wie es mir die Innenseiten meiner Oberschenkel hinunterlief. Wer hätte gedacht, dass es so wahnsinnig erregend sein konnte, jemandem Lust zu bereiten? Sein Stöhnen in meinen Ohren, seine Hände, die sich in die Decke krallten, während er um Kontrolle kämpfte, die geriffelte Textur seines Schafts auf meiner Zunge und sein süchtig machender Pfirsichkuchen-Geschmack in meinem Mund ließen meine inneren Wände sich vor Verlangen zusammenziehen.

Ich bewegte mich auf ihm auf und ab, drückte mit einer Hand fast schmerzhaft seine Hoden, während meine Fingernägel weiterhin die hochgradig erogenen Bereiche zwischen den Rillen seiner Härte stimulierten. Das Geräusch seiner ekstatischen Stöhnlaute und die unwillkürlichen Krämpfe in seinen Beinen kündigten seinen bevorstehenden Höhepunkt an. Ich beschleunigte das Tempo, streifte mit meinen Zähnen bei jeder Aufwärtsbewegung seine Länge und neckte ihn mit meiner Zunge, während ich ihn tief in meinen Hals nahm.

Wie bei all unseren früheren Begegnungen versuchte ich mich davon zu überzeugen, dass ich meinen Mann diesmal auf diese Weise zum Höhepunkt bringen würde. Für den Bruchteil einer Sekunde, als Vazul plötzlich ein wildes Grunzen von sich gab, glaubte ich tatsächlich, dass er sich endlich erlaubt hatte, zuerst seine Befriedigung zu finden.

Aber nein.

Der unglückselige Mann riss meinen Kopf von sich weg. Blitzschnell beugte sich mein Dämon vor, packte meine Taille und warf mich mit meinem ganzen Körper auf die Matratze.

Mein Magen machte einen Salto aus Angst und Erregung, als er sich mit einem fast wilden Ausdruck im Gesicht auf mich stürzte. Benommen bemerkte ich kaum, wie er mir mein Tanktop und meinen Rock auszog. Seine Hände und sein Mund waren überall auf mir, mit einer Begierde und Leidenschaft, die jede Nervenzelle in Alarmbereitschaft versetzte. Er sah fast wie besessen aus, als er jeden Zentimeter meines Körpers küsste, streichelte und saugte. Hätte ich es nicht mit eigenen Augen gesehen, hätte ich gedacht, er hätte irgendwie zusätzliche Gliedmaßen herbeigerufen, um mich zu berühren. Und doch schaffte er diese Reizüberflutung mit nur einem Paar Händen und seinem ungezogenen Mund.

Und Letzteres hatte eine enorme Wirkung auf mich.

Eine endlose Reihe sinnlicher Stöhngeräusche entrang sich mir, als Vazul sein Gesicht zwischen meinen Beinen vergrub. Bei ihm wusste man nie, ob er sich auf ein langsames Vorspiel einlassen würde, mich mit den exquisitesten Qualen necken oder direkt zum Ziel mich Sterne sehen zu lassen, kommen würde. Die Frage wurde sofort beantwortet, als er seine Lippen an meiner kleinen Knospe platzierte und wie wild zu saugen anfing, während zwei seiner Finger tief in mich eindrangen.

Mein Rücken bog sich vom Bett, als sich die Lust in feurigen Wellen schnell aufbaute. Mit tödlicher Präzision streichelte die erfahrene Hand meines Dämons die empfindliche Stelle in mir und sandte blitzartige Funken durch meinen Körper. Ich hielt seine Hörner mit beiden Händen fest und gab mich ihm hin. Meine Hüften kreisten wie von selbst, während er mich mit unerbittlicher Gier verschlang. Meine Beine zitterten vor meinem bevorstehenden Höhepunkt, ich sang seinen Namen und spornte ihn an.

Obwohl ich es kommen sah, traf mich mein Orgasmus mit überwältigender Gewalt. Ich schrie auf, mein Körper zitterte, während Vazul sich noch eine Weile länger an mir laben ließ. Als ich mich wieder beruhigt hatte, gab er nach und küsste sich meinen Körper wieder hinauf. Zu meiner Überraschung legte er sich nicht auf mich. Stattdessen drehte er mich auf den Bauch und fuhr fort, jeden Zentimeter von mir zu verehren, so wie er es zuvor mit meiner Vorderseite getan hatte.

Natürlich schenkte er meinem Hintern, den er absolut vergötterte, besondere Aufmerksamkeit. Ich liebte es, wenn er seinen Mund weit öffnete und kräftig zubiss, als wollte er ein Stück davon abbeißen. Es tat nie weh, aber ich spürte es definitiv. Und dieser halbe Schmerz hallte immer in meiner Klitoris wider.

Zu meiner Überraschung versetzte er mir keinen Klaps. Ich liebte das Stechen und das darauffolgende heiße Kribbeln. Aber als er mit seinen Krallen über meinen Rücken, meinen Hintern und meine Oberschenkelrückseiten fuhr, waren all diese Gedanken wie weggeblasen. Meine Beine zitterten heftig und meine Zehen krümmten sich. Ich konnte nicht sagen, warum mich dieses anhaltende Brennen so anturnte, aber es ließ mich immer an den richtigen Stellen pochen.

Ich schnappte nach Luft, als er plötzlich meine Hüften packte und meinen Hintern nach oben riss, sodass ich auf meinen Knien lag, während mein Gesicht weiterhin auf die Matratze gedrückt blieb. Ein erstickter Schrei entfuhr mir, als sein Mund sich sofort auf meine Muschi legte, eine Sekunde bevor seine Zunge in mich eindrang. Ich ballte die Faust um die Decke, mein Körper zitterte, als Vazul seine Zunge bis zur Unmöglichkeit streckte und sie dicker machte, während sie in mich hinein- und herausglitt.

Während seine Krallen meine Haut weiterhin in Flammen setzten und seine unartige Zunge mich liebte, brachte mich mein Dämon in kürzester Zeit erneut zum Höhepunkt. Mein Rücken verkrampfte sich, als ich zum zweiten Mal vor Glückseligkeit aufschrie. Hätte Vazul meinen Hintern nicht hochgehalten, wäre ich flach auf dem Bett gelandet.

Ich schwebte immer noch auf Wolken und spürte vage, wie er seine Zunge aus mir herauszog. Zwei seiner Finger übernahmen, diesmal rieben sie meine Klitoris und hielten mich auf diesem Höhepunkt. Und dann stieß sein dicker Schwanz gegen meine Öffnung. Ein Blitz der Lust explodierte in meinem Bauch, als er sich in mich presste. Zwischen diesen ersten beiden Orgasmen und seinen Fingern, die mich bearbeiteten, hatte Vazul mich so feucht gemacht, dass mein Körper ihn schnell willkommen hieß.

Er gab mir keine Chance, mich vollständig zu erholen, bevor er ein rasendes Tempo anschlug. Guter Gott! Ich würde nie genug von dem wahnsinnigen Gefühl bekommen, wenn sein dicker Schwanz in mich eindrang. Zwischen dieser Empfindung und der hektischen Massage meiner Klitoris löste sich eine Reihe von Mikroorgasmen aus, die mich an den Rand des Wahnsinns brachten. Mein Dämon nahm mich hart, jede Reibung seiner Rillen an meinem G-Punkt schürte das Inferno, das flüssige Lava in meinem Bauch wirbeln ließ und sich dann in meinem Unterleib ausbreitete.

Vazul beugte sich vor, die intensive Hitze seiner Brust auf meinem Rücken ließ mich heftig erschauern. Ich bekam eine Gänsehaut. Sein linker Arm glitt vor mich und zog mich hoch. Seine Hand umfasste meinen Hals, während er mich in einer nicht ganz knienden Position gegen sich zurückbog. Ich hielt mich an seinem Handgelenk fest, meine andere Hand legte sich auf seine, die immer noch meine Klitoris rieb.

Er presste seine Lippen an mein Ohr, während er weiter in mich eindrang.

„Hast du eine Ahnung, wie sehr ich dich liebe?", knurrte er und klang dabei fast wütend.

Mein Herz machte einen Sprung, und Tränen stiegen mir in die Augen, so stark war die Emotion, die seine Worte in mir auslösten. Ich wusste, dass er tiefe Gefühle für mich hatte, aber ich hätte nie mit einem solchen Geständnis gerechnet, schon gar nicht so früh. Ich konnte nicht sagen, dass ich schon so weit war, aber ich war definitiv mit der Geschwindigkeit eines Güterzugs auf dem Weg dorthin. Allerdings hatte ich keine Gelegenheit, zu antworten. Ein blendendes Licht explodierte vor meinen Augen, als ich schrie, überwältigt von Glückseligkeit.

Der Raum drehte sich, während ich in einen endlosen Strudel der Ekstase stürzte. Welle um Welle der Lust überrollte mich, während mein Mann mich weiter nahm. Nichts anderes zählte mehr als die sengende Hitze seines Körpers in und um mich herum, seine Lippen und Hände auf mir und sein Schwanz, der mich zerstörte.

Es dauerte einen Moment, bis ich die Quelle der roten Lichter über mir erkannte. Ich spürte nicht, wie Vazul mich auf den Rücken legte. Sein köstliches Gewicht drückte mich auf die Matratze, während er mit rücksichtsloser Hingabe in mich stieß. Er starrte mich mit leuchtenden Augen an, sein Gesicht von fast zu intensiver Lust verzerrt, seine Reißzähne entblößt.

Unsere Stimmen vermischten sich zu glückseligen Stöhnlauten. Ich hob mein Becken, um seinen Stößen entgegenzukommen, meine Fingernägel gruben sich in seinen Rücken. Meine Haut brannte und meine Nervenenden glühten. Ich versank in einem Ozean der Lust, während das Klatschen unserer sich berührenden Körper den Raum erfüllte. Meine sinnlichen Stöhngeräusche und sein wildes Knurren vermischten sich zu einem sündigen Crescendo, das mich bald völlig erschöpft zurücklassen würde.

Durch die Art, wie er mich ansah, mich berührte, mit mir schlief, gab mir Vazul das Gefühl, die begehrenswerteste Frau im Universum zu sein und von ganzem Herzen geliebt zu werden. In diesem Moment, als ich mich dem Höhepunkt näherte, wurde mir klar, dass ich niemals einem anderen so gehören könnte wie meinem Dämon. Er besaß mich, meinen Körper, mein Herz und meine Seele. Ich könnte hier und jetzt sterben, verzehrt von der rasenden Leidenschaft, die er in mir entfesselte.

Und ich würde nichts bereuen.

Mein Körper verkrampfte sich, als mich ein weiterer Orgasmus überrollte. Ich schrie so heftig, dass mir der Hals wehtat. Vazul brüllte und wurde ebenfalls mitgerissen, als meine inneren Wände sich um seinen Schwanz zusammenzogen. Wäre mein Gehirn nicht fast zerbrochen, hätte ich mich gewundert, dass mein Liebhaber sich nicht tief in mich hineingestoßen hatte, um mich mit seinem Samen zu füllen, wie er es normalerweise tat. Stattdessen schien eine wilde Bestie von ihm Besitz ergriffen zu haben, als er sich wie ein wildes Tier auf mich stürzte.

Vazul gab nicht nach. Selbst als seine brennende Essenz in mich schoss, verstärkte er seinen Griff um meine Hüften fast bis zur Blutergussbildung, während er mich weiter hart vögelte. In meinem erschöpften Zustand wurde mir vage bewusst, dass er es tatsächlich geschafft hatte, sich zurückzuhalten, denn das Auslaufen seines Samens hörte fast so schnell auf, wie es begonnen hatte.

Mit geschlossenen Augen und zusammengebissenen Zähnen stieß er wilde Grunzlaute aus, wie man sie von einem teuflischen Ungeheuer aus den tiefsten Tiefen der Hölle erwarten würde. Etwas in ihm war zerbrochen. Die Bestie war befreit worden. Es war zu viel und doch irgendwie nicht genug. Jeder wilde Stoß seiner brutalen Besessenheit drohte mich zu zerbrechen und stürzte mich in einen Strudel aus Lust und Schmerz, aus dem ich niemals wieder auftauchen würde. Angst und Ekstase kämpften in mir gleichermaßen. Ich wollte nicht, dass er aufhörte, selbst wenn es mich umbringen würde.

Ich sah meinen ultimativen Orgasmus nicht kommen. Ich konnte nicht sagen, ob ich schrie oder welche anderen körperlichen Reaktionen ich hatte. Es raubte mir das Bewusstsein. Vazuls Schrei hallte wie ein Donnerschlag wider. Aber ich war so weit weg, dass es fast so klang, als würde ich es unter Wasser hören. Sein Samen ergoss sich in brennenden, kraftvollen Stößen in mir. Mit unregelmäßigen Bewegungen bewegte sich mein Dämon weiter in mir, bis er völlig erschöpft war.

Er sackte auf mir zusammen, bevor er sich auf den Rücken rollte. Er zog mich auf sich und hielt mich fest, als hätte er Angst, ich würde verschwinden. Kraftlos und völlig erschöpft blieb ich schlaff in seiner Umarmung liegen, meinen Kopf auf seiner Brust ruhend. Das donnernde Geräusch seines Herzens, das sich langsam beruhigte, wirkte wie ein Leuchtfeuer, das mein Bewusstsein zurück in meinen Körper führte.

„Ich hätte nicht gedacht, dass du meine unschuldige Herausforderung so wörtlich nehmen würdest", murmelte ich schließlich.

Er schnaubte und lachte dann mit einer wohlverdienten Selbstgefälligkeit.

„Dann hättest du es nicht aussprechen sollen, meine Coral. Ich werde immer danach streben, all deine Erwartungen und Wünsche zu übertreffen."

Ich fühlte mich immer noch etwas benommen und hob den Kopf, um ihn anzusehen. Anstelle des arroganten Ausdrucks, den ich auf seinem Gesicht erwartet hatte, sah mich Vazul mit einer Zärtlichkeit an, die mich von innen heraus zum Schmelzen brachte. In diesem Moment beruhigte sich mein Herz.

„Ich glaube, ich verliebe mich in dich, Vazul", flüsterte ich, mehr zu mir selbst als zu ihm.

Ein seltsamer Ausdruck huschte über sein hübsches Gesicht.

„Nein, meine Coral. Du *bist bereits* in mich verliebt. Dein menschliches Gehirn braucht mehr Zeit, um das zu begreifen, aber deine Gefühle lügen nicht", sagte er mit sanfter, aber bestimmter Stimme. „Es ist in Ordnung, meine Geliebte. Zeit spielt für dich und mich keine Rolle mehr."

Ich hätte ihn dafür kritisieren sollen, dass er so vermessen war, aber ich wusste, dass seine Worte wahr waren.

„Danke, dass du mich gewählt hast. Danke, dass du für mich geschlüpft bist. Danke, dass du mich zur glücklichsten Frau der Welt gemacht hast", sagte ich stattdessen.

„Jetzt und für immer, meine Coral. Jetzt und für immer."

ENDE.

VEREDIANISCHE CHRONIKEN

Dem Schicksal Entkommen

Blindes Schicksal

Amalias Erwachen

Schicksalswende

Schicksalsweber

Schicksalsrebell

Royales Schicksal

XIAN-KRIEGER

Doom

Legion

Raven

Bane

Chaos

Varnog

Reaper

Wrath

Xenon

Nevrik

Rogue

BRAXIANER

Antons Grace

Raviks Mercy
Krygors Hope
Kerans Dawn

DIE SCHATTENREICHE
Für Das Gespenst Bestimmt
Für Den Sensenmann Bestimmt
Für Den Lykaner Bestimmt

DER NEBEL
Der Nebelwandler
Der Albtraum

MATCH MAKER AGENTUR
Mein Echsenehemann
Mein Naga Ehemann
Mein Vogel Ehemann
Mein Minotaurus Ehemann
Mein Ehemann Wonjin
Mein Nixen Ehemann
Mein Drachen Ehemann
Mein Biest Ehemann
Mein Ehemann Krogal
Mein Dryade Ehemann
Mein Inkubus Ehemann
Mein Motten Ehemann
Mein Katzen Ehemann
Mein Ehemann Amreth
Mein Ehemann Kayog

VALOS VON SONHADRA
Die Eisstadt
Im Eis Gefangen

DUNKLES MÄRCHEN
Fluch Des Blaubarts
Der Bucklige

BLUTJUNGFRAUEN VON KARTHIA
Meine Thalia

EMPATHEN VON LYRIA
Ein Alien Zu Weihnachten

KHARGALS VON DURAS
Herz Aus Stein

ANDERE BÜCHER
Erwachen Des Aliens
Hart Wie Stahl
Ups! Ich Habe Einen Liderc Beschworen

ÜBER REGINE

Regine Abel ist ein Fantasy-, Paranormal- und Science-Fiction-Junkie. Alles, was mit ein bisschen Magie, einen Hauch von Ungewöhnlichem und viel Romantik zu tun hat, lässt sie vor Freude springen. Heiße außerirdische Krieger, die auf eine coole Heldin treffen, geben ihr ein warmes, wohliges Gefühl.

Bevor sie sich hauptberuflich dem Schreiben widmete, hat Regine sich der anderen Leidenschaft in ihrem Leben hingegeben: Musik und Videospiele! Nachdem sie ein Jahrzehnt lang als Toningenieurin in der Filmsynchronisation und bei Live-Konzerten gearbeitet hatte, wurde Regine zur professionellen Spieledesignerin und Creative Director, eine Karriere, die sie von ihrer Heimat Kanada in die USA und in verschiedene Länder in Europa und Asien führte.

Facebook
https://www.facebook.com/regine.abel.author/

Website
https://regineabel.com

Regine's Rebellen Lesergruppe
https://www.facebook.com/groups/ReginesRebels/

Newsletter
http://smarturl.it/RA_Newsletter

Goodreads
http://smarturl.it/RA_Goodreads

Bookbub
https://www.bookbub.com/profile/regine-abel

Amazon
http://smarturl.it/AuthorAMS